愿有时光 收藏爱

洛青辰——著

中国友谊出版公司

当我们读别人的爱情故事时，我们在读什么

平时很忙，很想看看书，不知道该看些什么的时候，可以读点散文，或者读点传记故事。热恋和失恋中的人，该看些什么书？我建议，去看看别人的爱情故事。

旧时光里，所有的寂寞，所有的笑，努力追求和失望失落，都成为过去。你看到了，他们的结局。

这也应该算是一种传记吧，作者没那么晦涩古板，在文字中，加入了个人的感情和情绪。

感觉挺好的。

我一直相信，每一个人，都是一本好看的书。任何一个人。

《遇见一些人，流泪》写的是命运，《愿有时光收藏爱》写的是爱情。

洛青辰的这本书，很适合想了解爱情为何物的读者来看。

比小说好多了。

篇幅短，字句精练，用十几分钟的时间，看完一个人的一生。

你会发现的是，那些你曾经羡慕和崇拜的名人、伟人，也曾历经漫长的坎坷、不堪、迷惘和痛苦。那么，自己，如此普通平凡的一个人，是不是可以什么都看淡一些。当你自己觉得自己爱得地裂天崩，天下第一的时候，是不是可以冷静冷静，停止飞蛾扑火？

看别人的爱情故事，你会有更加正确的期待。而不是，一再幻想。

过去不太在意的东西，可能因为看完一本书以后，开始在意了。

阅万卷书，不若行万里路，行万里路，不若阅人无数。

只是，谁也不知道，那些年，真的发生了什么。

真实，永远无法被还原。

不管你看到的，是不是你想看到的。

此时此刻，你正爱着。

这真的真的，比什么都重要。

韩梅梅

2016-3-17

目　录

Chapter 1

一别，
便是一生

张爱玲

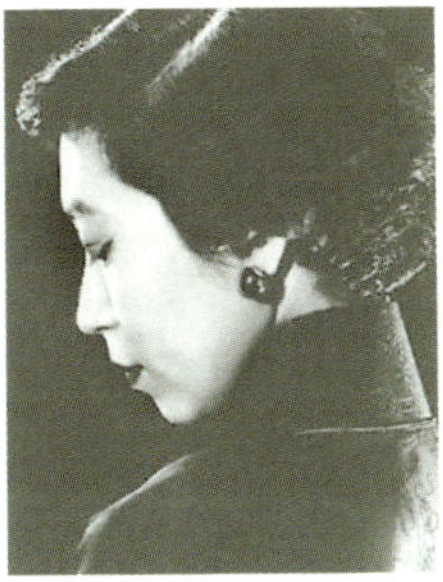

张爱玲

中国现代作家，原名张瑛，出生在上海，家世显赫，祖父张佩纶是清末名臣，祖母李菊耦是朝廷重臣李鸿章的长女。张爱玲一生创作了大量文学作品。1995 年 9 月 8 日，逝世于美国加州。

“见了他，她变得很低很低，低到尘埃里。但她的心里是喜欢的，从尘埃里开出花来。”这是张爱玲送给胡兰成的照片背面的题词。

那时的张爱玲是上海炙手可热的文坛女作家，这位民国时代的惊世才女，在那个风起云涌的上海滩，二十出头就已锋芒毕露，她像是临水照花人，孤傲地挥舞着自己手中如剑一般的文字。然而就是这么高傲的灵魂，邂逅了爱情，便甘愿做一个世俗女子，写出这样卑微的话送给胡兰成。聪明如她，明知是飞蛾扑火，却也不管不顾了。

很多人说，胡兰成就是张爱玲的孽缘，张爱玲把自己全部的爱给了他，最后却被洗劫一空，暗自萎谢。当年迈的张爱玲死在自己美国的公寓里时，身边竟无一人。

如果1944年初春的那一天，胡兰成没有养病在家，没有看到杂志上刊登的一篇名叫《封锁》的小说并被它深深吸引，也许就不会有她这样凄凉的人生结局，然而这样的开始偏偏发生了。胡兰成看完整篇文章不由得拍案叫绝，他深深记住了这篇小说作者的名字——张爱玲。

从此这个名字在他心里就再也抹不去了，他收集了张爱玲的很多文章来拜读，更加对这个女子钦佩不已。是什么样的绝世女子可以写出如此惊世的文字，这让他难以自拔，他觉得自己一定要认识她，并且不仅仅是个过客。

于是，几天后正在家中专心写作的张爱玲收到一张便条，便条上写着“爱玲先生赐鉴，贸然拜访，未蒙允见，亦有

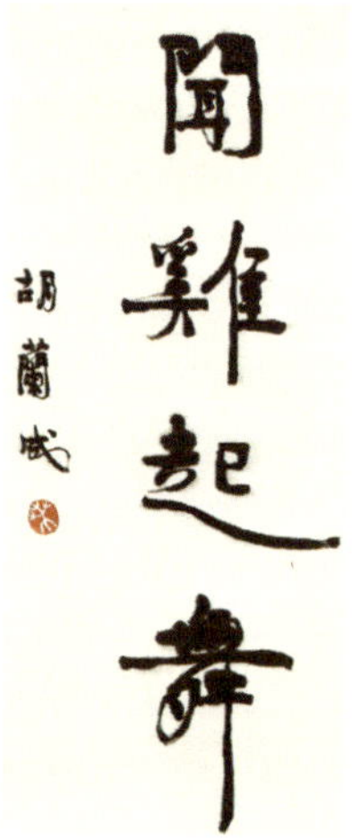

胡兰成的书法

傻气的高兴，留沪数日，盼能一叙”。张爱玲收到过很多读者来信，但是送到家里的这还是第一次。她看了一眼落款——胡兰成。

对于胡兰成的名字，张爱玲并不陌生，他当时也是小有名气的才子，写得一手漂亮的文章，自负雄才，常在报上发表对时局的评论，后来得到汪精卫的赏识，当上了汪精卫的机要秘书，在汪精卫的《中华日报》社论委员会里任总主笔，报上很多文章都出自他之手。

张爱玲竟就这样答应了胡兰成的请求，说愿意第二天去胡兰成府上拜访。

得到张爱玲的应允，胡兰成有些紧张，他想着这位能写出如此通晓世事文字的女人会不会是个情场高手。但其实当时的张爱玲只有二十三岁，爱情于她，只是从别人那里听的，从书里看的，还从来没有真正触碰过。

在大西路美丽园的胡氏家中，他们相见了。那天张爱玲特意找出了许久没有穿过的貂皮大衣，想显得成熟稳重一些，但都被这个情场老手胡兰成洞觉出来。在他看来，张爱玲的言谈举止就像个涉世未深的女学生，有点突兀的穿着藏着一个女子与众不同的倔强和不羁。胡兰成一生阅过多少女子，可是张爱玲从骨子里透出的摄人心魄的灵性与气质，让胡兰成惊叹不已，这个女子，把他之前对于美的定义都打翻了。

胡兰成在《今生今世》里面写到与张爱玲的第一次见面：“我常以为很懂得什么叫作惊艳，遇到真事，却艳亦不是那艳法，惊亦不是那惊法。”“张爱玲的顶天立地，世界都要起六种震动，是我的客厅今天变得不适应了……”

一开始聊天还有些拘谨，胡兰成便问了张爱玲的收入多少，这个一般人看来第一次见面显得有些突兀的问题，可在张爱玲看来却是对她生活的关心，当时的张爱玲真的太缺少关心和爱了。长

一个知己就好像一面镜子，反映出我们天性中最优美的部分。

期以来，她孤独地躲进自己的写作世界里，纵使多么聪明灵性的女子，内心深处都有着对爱的渴望。这样的问话让张爱玲的心温暖了起来，张爱玲坦诚地告诉胡兰成自己的稿费收入，两个人的距离也近了。胡兰成口若悬河地谈起当下潮流的作品，又谈起对张爱玲作品的喜爱，这一坐便是五个小时，还觉得意犹未尽。

天晚了，胡兰成送她到弄堂，两人肩并肩走着，胡兰成向有一米七二的张爱玲看了一眼，说："你身材这样高，这怎么可以。"张爱玲有些诧异，脸上似乎有点恼怒，这一切都被胡兰成看在眼里，他看到一颗心正在慢慢向自己开出温暖的花来。

胡兰成之后便向张爱玲发起了猛烈的攻势，隔天便去张爱玲的家中拜访。虽然他已经结过两次婚，并且还有着妻室，但是张爱玲这样的女子，深刻起来会让山河失色，岁月成尘。这样的女子，是任你穷尽人海也不得相遇的绝代佳人，既然遇见，是怎么也不愿意错过的。

胡兰成去了三四次之后，张爱玲突然显得很烦恼、很委屈的样子给胡兰成送去一张字条，叫胡兰成不要再去看她。但胡兰成知道，张爱玲已经爱上了他。

是的，张爱玲心里的那朵花已经开放了。这个从小缺爱的女子，虽然出身名门世家，是李鸿章的曾外孙女，却有着悲惨的童年，她的父亲只会抽鸦片、逛妓院，母亲受不了这桩被包办的没有爱情的婚姻，与父亲离婚，只身去了法国，父亲对张爱玲一直是不管不问。本来就疏离的父女关系，在父亲娶了继母后变得更加冷漠。狠毒的继母常常虐待张爱玲和她的弟弟，虽然家里不缺钱，但张爱玲小时候一直只能穿继母剩的粗衣烂布，从来不敢奢求家里的钱。

她永远都记得那次她去见回国的母亲忘了跟继母说，继母“啪”地一个巴掌打过来，把她打了个踉跄，她本能地想还手，父亲知道了，二话不说，揪住她一边拳打脚踢，一边吼道：“你还打人，我今天非打死你不可。”张爱玲被打得满身是伤还被父亲锁在屋子里关禁闭，生病到奄奄一息父亲也不管不问。这一切在张爱玲稚嫩的心灵里划下一道又一道无法治愈的伤口，她的性格变得更加孤僻寡言。她用写作把自己封进文字的世界里，很久很久不敢向外探望，但是残破家庭生长的她内心又渴望有个温暖的家，渴望被人呵护、被人爱。

——我是一个古怪的女孩，从小被目为天才，

除了发展我的天才别无生存目标。

张爱玲的童年

这个人，就是胡兰成吗?

即使这个人比自己大十四岁，即使他还有妻室，即使外界还有着对胡兰成汉奸身份的流言蜚语，当爱情走进了张爱玲的生命里，这些她都不管不顾了。胡兰成每天晨出夜归陪伴着张爱玲，他们总有说不完的话，他们谈论诗词歌赋，谈论文学小说，甚至谈论起张爱玲一直不敢触碰的童年。张爱玲觉得胡兰成懂她，因为懂得，她的心扉第一次如此向一个人敞开，在胡兰成面前，那个曾经昂着高贵的头，孤傲又漠然地看凡尘往来的张爱玲甘愿成为一个世俗女子，那样任性，那样依赖，那样热烈。

那时的胡兰成亦是真的爱了，胡兰成说“但我使尽武器，还不及她的只是素手”，张爱玲惊艳了他的时光，让他深深折服，而张

爱玲的文学造诣也令他这样一个自负雄才的人惊叹不已。胡兰成在报上发表对张爱玲文章的评论，当有人质疑张爱玲文字的时候，他极力为她反驳。胡兰成爱张爱玲的超凡脱俗，也爱她的聪明灵性，他说“爱玲是其人如天，爱玲的聪明真像是水晶心肝玻璃人儿”。

一时间胡兰成与张爱玲的关系人尽皆知，胡兰成的妻子英娣忍受不了，与胡兰成离了婚。

于是，1944 年 8 月，张爱玲和胡兰成结婚了。在张爱玲的小说里，有各种各样的婚礼，中式的、西式的、华丽的、典雅的、浪漫的……可是她自己的婚礼却只有两支红蜡烛，甚至连烛台都没有，有的只是一个证婚人，一纸婚书。张爱玲写道“胡兰成与张爱玲签订终身”，胡兰成补上两句，“愿岁月静好，现世安稳”。

那时的张爱玲是幸福而自信的，虽然她知道胡兰成生命里有很多过客，但她相信自己是最后的归人。胡兰成在《今生今世》里写道:“我已有妻室，她并不在意。我有许多女友，乃至挟妓游玩，她亦不会吃醋。她倒是愿意世上的女子都欢喜我。”张爱玲觉得自己终是那个与胡兰成朝朝暮暮的人，却不知道，再多女子也无法阻挡胡兰成那颗生性多情的心。

胡兰成

中国近代作家与争议性人物。出生于浙江嵊县，青年时于燕京大学退学，抗日战争时期替汪精卫的亲日伪政权服务。

时间已经走到了1944年年底，时局动荡，日本在中国的势力江河日下，而在汪伪政权下工作的胡兰成也感到了时局的危机，他告诉张爱玲："将来日本战败，我大概还是能逃脱这一劫的，就是开始一两年恐怕要隐姓埋名躲藏起来，我们不好再在一起的。"张爱玲握住他的手说："那时你变姓名，可叫张牵或叫张招，天涯地角有我在牵你招你。"在张爱玲眼里，爱情无关政治、无关时局，她只要和相爱的人不离不弃，生死相依。

别离的时刻最终还是来了，胡兰成接编《大楚报》，离开张爱玲去武汉。初到武汉的胡兰成还是全心全意爱着张爱玲的，据说有一天，胡兰成在路上遇到轰炸，他倒在铁轨上，以为自己就要被炸死，绝望中口中喊出了两个字："爱

你问我爱你值不值得，其实
你应该知道，
爱就是不问值得不值得。

玲！”想来当时的张爱玲，是胡兰成生命全部的寄托。

可是这一切并不能改变胡兰成的多情。到武汉不久后，胡兰成在汉阳医院认识了一个叫周训德的小护士，她是个只有十七岁的少女，自然不及张爱玲的才华和博学，却生得娇媚动人。胡兰成那颗多情的心又泛起涟漪，竟与周小姐两情相悦，坠入爱河，甚至想娶她进门。他这边与周小姐良辰美景，却忘记了远在上海的张爱玲独自经过相思流年。

1945 年 8 月 15 日，日本宣布无条件投降。中国光复了，胡兰成也成为国民政府通缉的要犯，他逃到上海同张爱玲住了一段时间，才将自己和周小姐的事情告诉张爱玲，他亲密地称这个女子为小周。胡兰成的话像刀一样在张爱玲的心里划下伤口，那句“愿岁月静好，现世安稳”还萦绕在耳边，可说话的那个人却已经越走越远……

张爱玲满心的痛楚与嫉妒，却还是保持着自己的理智和冷静，她就是这样一个柔艳刚强的女子，做不到像别的女子那样痛哭泪流，依然强装镇定，甚至希望胡兰成与周小姐之间只是一场寂寞的游戏，现在胡兰成已回到她身边，他们还可以回到从前，从此朝朝暮暮，天荒地老。

就是这样的张爱玲，纵使以往多么高傲的灵魂，既然爱了，就可以忘记自己的身份、姓名，在最美的年华金风玉露一相逢，那么他在哪里，哪里就是现世安稳。

然而这一次相聚的时间还不到一个月，形势危急的胡兰成又仓皇地逃到温州。他化名张嘉仪到他的高中同窗斯颂德家避难，斯家的父亲已经去世，滥情的胡兰成竟与斯颂德的庶母范秀美互生暧昧，厮混在一起。

还蒙在鼓里的张爱玲此时已经半年多没有见到胡兰成，她决定只身一人从上海到温州千里寻夫来挽回他们渐行渐远的感情。

“我从诸暨丽水来，路上想着这里是你走过。及在船上望得见温州城了，想你就在那里，这温州城就像含有宝珠在放光。”这是张爱玲说的话，想那时途中的张爱玲应该无数次幻想着和胡兰成见面的美好场景，然而当她站在他的面前时，胡兰成却只惊未喜，甚至恼怒骂道：“你来做什么？还不快回去。”那一刻，张爱玲再亮烈的心是不是也跌落谷底？

胡兰成把张爱玲安排在公园旁的一间旅馆里，只有白天陪张爱玲，晚上不敢过夜，怕有警察来查夜。张爱玲与胡兰成结婚之后，一直聚少离多，但只要在一起，时光仿佛都是温暖的。他们枕在床上说话，两人脸凑脸四目相视，胡兰成说：“她的眼睛里都是笑，面庞像大朵牡丹花开得满满的，一点都没有保留。”

然而在旅馆度过了一个春节，胡兰成与范秀美的暧昧关系也被细腻敏感的张爱玲看在眼底。有一次张爱玲说范秀美生得好看，想为她画一幅肖像，可是画着画着笔就停了，张爱玲再也画不下去了。等范秀美走之后，胡兰成问张爱玲：“怎么了？”张爱玲说：“我画着画着，只觉得她的眉、神情、嘴，越来越像你，心里好不震动，一阵难受就再也画不下去了。”她在暗示胡兰成她已经看出他们的私情，这个时候张爱玲多么希望胡兰成能说一些辩驳的话，或是对她许下些承诺，可胡兰成只是沉默不语。

张爱玲让胡兰成在她与小周之间做个选择。胡兰成支吾道："我带你，天上地下，无有得比较，若选择，不但于你是委屈，亦对不起小周。"张爱玲痛心不已，她哽咽地反问："你与我结婚时，婚帖上写有现世安稳，你不给我安稳。"胡兰成答道："世景荒芜，已没有安稳……"

曾经的海誓山盟，都成了过眼云烟。张爱玲觉得一阵痛彻心扉，她叹息道："你到底是不肯。我想过，我倘使不得不离开你，亦不致寻短见，亦不能够再爱别人，我将只是萎谢了。"

离开的那天，天上下着雨，曾经有多少情爱付出，现在就有多少辛酸苦楚。张爱玲后来在给胡兰成的信中描述了当时的情景："那天船将开时，你回岸上去了。我一人雨中撑伞在船舷边，对着滔滔黄浪，伫立涕泣久之。"这个不肯轻易落泪的女子，终究还是为爱哭泣了。

可是心伤透了，感情却没法说放下就放下，她就是这样的女子，

不轻言别离，一旦转身，就再也不回头。回上海之后七八个月里，张爱玲还是与胡兰成偶有联系，甚至还用自己的一些稿费救济了胡兰成，希望他能在流亡中过得好一些，却没有顾忌到自己也因为胡兰成汉奸的身份受到牵连。

有一天，张爱玲突然收到胡兰成的便条，竟然是告诉张爱玲，范秀美怀孕了，在逃亡中的胡兰成自然不能让她生下孩子，也没有钱做手术，竟开口向张爱玲借钱。张爱玲无言以对，默默地去房间拿出自己的金镯子，托人拿去当掉给范秀美做手术。

胡兰成不是移情别恋，而是太多情，他在《今生今世》里写道："我已有爱玲，却又与小周，又与秀美，是应该还是不应该，我只能不求甚解，甚至不去多想。"上天让张爱玲在最美的年华遇见那

张爱玲的晚年照片

个懂她的人，可偏偏这个人无法安稳地与她一人携手，共度此生。

那一天，胡兰成途经上海去了张爱玲的爱丁顿公寓。张爱玲面对许久未见的胡兰成，觉得恍如隔世。胡兰成不但没有为之前的辜负感到歉意，还坦然地跟张爱玲说起自己与周小姐和范秀美的事情，张爱玲觉得自己的心已经变成一片死灰，不再理会胡兰成，与他分床而睡。

第二天清晨，胡兰成与她吻别，张爱玲突然泪流满面，她抱住胡兰成的脖子，叫了一声“兰成”，再也说不出话来。张爱玲知道，自己这一生的爱情都已经用尽，再也无法挽回了。

这是他们最后一次见面。

于千万人之中，
遇见你要遇见的人。
于千万年之中，
时间无涯的荒野里，
没有早一步，
也没有迟一步，
遇上了也只能轻轻地说一句：
“哦，你也在这里吗？”

几个月后，胡兰成收到了张爱玲的诀别信：

我已经不喜欢你了，你是早已经不喜欢我的了。这次的决心，是我经过一年半长时间考虑的。彼惟时以小吉故，不欲增加你的困难。你不要来寻我，即或写信来，我亦是不看的了。

随信张爱玲还附上了自己写电视剧本赚来的三十万块钱。

彼时的“小吉”是小劫的隐语，这是最后的决绝，此后胡兰成想找张爱玲挽回，写信给张爱玲，又找到张爱玲最好的朋友说情，但是张爱玲的心就像她之前说的那样“已经萎谢了”。缘分已尽，曾经的付出、挽回都已经落幕，剩下的只有冷静与决绝。爱的时候可以倾其所有，既然放手也绝不会拖泥带水。

胡兰成的一生邂逅过无数女子，而张爱玲，是唯一的传奇，也是他耗尽一生都还不了的情债。

张爱玲这个民国时期的临水照花人，因为懂得，所以慈悲，曾经她甘愿飞蛾扑火，甘愿低到尘埃里，但那个人给不了她现世安稳，她便倾城转身，独自萎谢了。

Chapter 2

我希望逢着一个
丁香一样
结着愁怨的姑娘

戴望舒

撑着油纸伞，独自彷徨在悠长、悠长又寂寥的雨巷，

我希望逢着一个丁香一样的结着愁怨的姑娘。

她是有丁香一样的颜色，

丁香一样的芬芳，丁香一样的忧愁，

在雨中哀怨，哀怨又彷徨；

她彷徨在这寂寥的雨巷，撑着油纸伞像我一样，

像我一样地默默彳亍着，冷漠、凄清，又惆怅。

她静默地走近，走近，又投出太息一般的眼光。

她飘过像梦一般的，像梦一般的凄婉迷茫。

像梦中飘过一枝丁香的，我身旁飘过这女郎；

她静默地远了，远了，到了颓圮的篱墙，走尽这雨巷。

在雨的哀曲里，消了她的颜色，散了她的芬芳，

消散了，甚至她的太息般的眼光，丁香般的惆怅。

撑着油纸伞，独自彷徨在悠长、悠长又寂寥的雨巷，

我希望飘过一个丁香一样的结着愁怨的姑娘。

——戴望舒《雨巷》

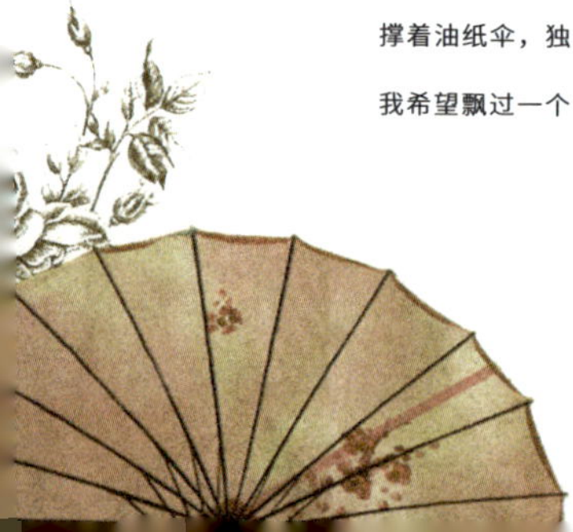

世人给了戴望舒一个浪漫的称呼——“雨巷诗人”，说到他，总会想到那个细雨绵延水墨般的江南小镇，那个撑着油纸伞丁香般美丽的江南女子，那个长长幽幽埋藏着故事般的雨巷。

戴望舒

浙江杭县（今杭州市余杭区）人。中国现代派象征主义诗人，翻译家。

江南的小镇是静谧的，斑驳的青灰色像清晨的残梦，交错的双桥苍老却坚挺。淙淙的流水从狭窄的河道穿镇而过，一座座雕刻精致的石桥倒映着岁月的斑驳，却映射出一代代人温婉的柔情。

戴望舒从小就在这样的小镇里长大，后来去上海念大学，便离开了家乡。在烟雨蒙蒙的梅雨时节，他又一次回到这水墨画般的江南小镇。虽然不是自己的家乡，却也有一种重归故里的感觉。

这座小镇同其他江南小镇一样地朴素、淳厚，用自己的缄默承载着小镇人

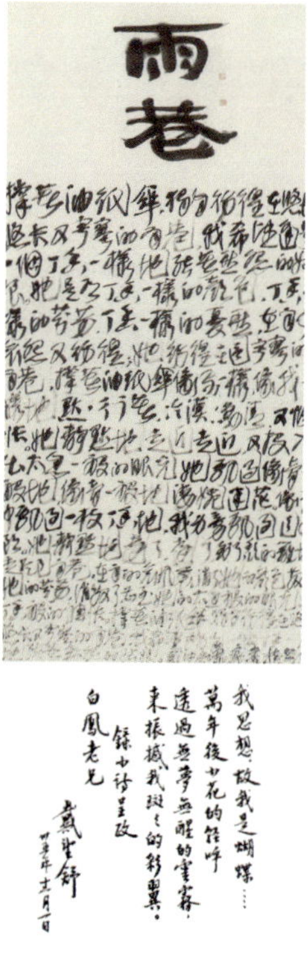

戴望舒的书法作品

们所有的快乐和幸福、苦难和悲哀。几千年的风霜在这里飘散，这里却一直是静静的，静静的，就像墙上静静生长的斑驳的印记。

仿佛外面的喧嚣纷扰到了这里都消失无影。只有戴望舒的心，波涛汹涌，与这里格格不入。

二十世纪二十年代末的中国，是块满目疮痍的悲土。

二十出头的戴望舒血气方刚，他学习新思想，被第一次大革命的热潮吸引，加入共青团又加入国民党，他参加“五卅运动”，希望把自己的青春贡献给祖国，迎来的却是国民党的叛变。上海大学被封，白色恐怖笼罩着上海城。

因为参加革命活动，他和大学同窗

好友施蛰存受到了特务的监视，不得不暂时住在施蛰存松江的家里避难。他们离开了纷扰的上海城，又回了这样一座江南小镇。

那一天，天上下着淅淅沥沥的小雨，戴望舒有些心烦，便独自出来散步。他走在狭窄潮湿的雨巷，黑白暗淡的色调给他心里

蒙上了一层伤感。走着走着，突然在一个拐角，他看到了一抹粉色。那个身影穿着一件粉色的旗袍，玲珑的身材在她优雅的步履间显得格外婀娜。她撑着一把油纸伞，静默地向前走着。那一刻，戴望舒突然觉得有一朵丁香花在眼前绽放，芳香四溢，温婉动人。

戴望舒不由得紧跟上去，默默地走在她的身后。穿过了百转千回的雨巷、狭窄的小路，那个丁香般柔美的女孩像梦一般在戴望舒的眼前走着走着。突然，那女孩停下了脚步，戴望舒也紧跟着停住了脚步。看了看前方白墙黑瓦的房子，觉得很是眼熟。

女孩敲了敲门，开门的正是戴望舒的好友施蛰存。

原来这个丁香般的姑娘就是戴望舒好友施蛰存的妹妹施绛年，施蛰存热情地介绍戴望舒和施绛年认识。戴望舒看着眼前的女孩——白皙的皮肤，充满灵气的大眼睛，宛若坠入凡间的天使一般纯净。他一下子竟愣住了。

戴望舒觉得有些东西正在心里萌芽，蠢蠢欲动。

那就是爱情。

可是上天虽然赋予了戴望舒诗情和才华，却没有给他翩翩风度。戴望舒的脸，因为小时候染上天花落下一脸麻子，一直让他有点自卑。而这次邂逅，也没有让心爱的丁香姑娘对他有好感。

每次戴望舒想单独约会施绛年，或是给她一些爱情的暗示，施绛年总是委婉地拒绝。

可是，爱情已经在戴望舒心里滋长蔓延，沁入他的心脾，让他无法自拔。他在自己出版的诗集里，将心爱的丁香女孩的名字用法文写在扉页上，却迟迟等不到施绛年的回馈。

转眼到了年底，松江的冬天潮湿阴冷，戴望舒的单相思却越来越火热。临近春节的时候，他抑制不住心中的冲动，在楼梯上截住施绛年，将写给心爱的姑娘的情书念给她听。

青年时期的戴望舒

我将对你说我的恋人，

我的恋人是一个羞涩的人，

她是羞涩的，有着桃色的脸，

桃色的嘴唇

和一颗天青色的心。

这种突如其来的强烈示爱举动，在那个年代无疑是一种疯狂的举动，把住在江南小镇的施绛年吓坏了。在她的心里，爱情，应该是静静的，不露声色、暗生情愫，然后顺其自然地在某一天被心爱的人轻轻地牵起手……

于是，施绛年毫不犹豫地拒绝了戴望舒。

情绪激动到无法收拾的戴望舒抑制不住心中的爱火，双手扶着栏杆大声喊道：“你不答应我，我就跳下去。”

一向温婉的施绛年哪里见过这样的场面，她吓得有点蒙。她感觉到这个平日忧郁内向的诗人内心的狂热和执着，觉得疯狂似乎又有些浪漫。

“别，别冲动，我答应你，我答应你还不行吗？”

戴望舒终于用自己的执着和浪漫征服了心中那个丁香般的女孩。松江的天气似乎提前变得温暖，江南的小镇又迎来了烟雨蒙蒙的春天。这个春天，是戴望舒觉得生命里最美丽的春天，烟雨中写满了爱情的味道。他和心爱的丁香姑娘在这个春天里订婚了，不过婚期却延迟下来—施绛年要求他出国留学取得学位，有了稳定的收入才肯跟他结婚。

1932 年 10 月，戴望舒带着对心爱姑娘的承诺，乘坐邮船去法国留学。当时的戴望舒其实经济很拮据，到了法国，他几乎没有心思念书，每天躲在宿舍里翻译书稿来换取生活费，但是他还是坚持下来了。为的就是学成归来，能够迎娶心爱的丁香姑娘。

戴望舒在法国

可是他寄给施绛年的信件却很少有回复。即使偶尔回信，也是只言片语，语气里满是冷淡。戴望舒疑惑地打听施绛年的消息，得知绛年与一个冰箱推销员恋爱了。当年的冰箱推销员是个比较时髦的工作，施绛年觉得比靠文字谋生的诗人要有安全感得多。

听闻这样的消息，戴望舒更加没有心思念书了，他在国外还没有拿到任何学位，就匆匆回国，他不敢相信心爱的姑娘已经移情别恋。

然而这一切都已经是不可改变的现实。亲眼看到真相的戴望舒伤心欲绝，既痛苦又气愤，当众给了心爱的姑娘一巴掌。巴掌虽打在爱人的脸上，却像是刀子刻在他的心上。

往事像波涛般翻滚而来，把戴望舒压得喘不过气，八年的苦恋，

——— 你徘徊到我的窗边，寻不到昔日的芬芳，

你惆怅地哭泣到花间。

换来的却是抛弃和背叛。记忆里那个丁香般柔情的姑娘还常常撑着伞走在他的梦境里，一晃眼却在一个转角消失不见了，他飞奔过去，却找不到她的身影，只留下茫然失措的他在雨里彷徨。

受到初恋创伤的戴望舒变得更加自卑、忧郁，好友穆时英看到痴情的戴望舒每天郁郁寡欢，想帮他走出失恋的困境，便邀请他去自己家做客，想把自己的妹妹介绍给戴望舒，对他说："施蛰存的妹妹有什么呀，我妹妹比她好看多了。"

1935年5月，在穆时英家中，戴望舒第一次见到了穆时英的妹妹穆丽娟。她果然像穆时英说的那样，比施绛年漂亮很多，长得秀美清纯，举手投足之间带着一种温婉动人的气质。穆丽娟虽然没有念过太多书，只是初中毕业，但她喜欢文学，也早就读过戴望舒写的诗，一直对戴望舒有些崇拜，没想到有一天会见到他，突然面对着戴望舒高大的身影，穆丽娟不由得娇羞地低下了头，温婉地对戴望舒笑了笑就回了屋。

这不胜娇羞的一低头和笑容，让戴望舒觉得阴凉许久的心里突然有一道阳光洒过来。只是八年的感情对他来说，伤得太深了，他还把自己封锁在那么孤僻的角落里，没法这么快走出来。

而穆时英是有意要撮合这个痴情的戴望舒与他妹妹在一起，此后，穆时英常常邀请戴望舒来家中做客，戴望舒也想尽快忘掉那段让他痛苦的感情，便应邀和他们打桥牌，有时还带着穆丽娟去跳舞。穆丽娟觉得与诗人交往，生活仿佛都变得浪漫了，而穆丽娟这个秀美动人的姑娘也正在一步步走进戴望舒的世界。

熟悉之后，戴望舒邀请穆丽娟去他家抄稿子，在戴望舒租的公寓里，穆丽娟常常帮戴望舒抄稿子到深夜。戴望舒望着在柔黄的灯光下安静地抄书的穆丽娟清秀的身影，仿佛又闻到了久违的丁香花的味道。

1936 年初夏，在上海四川路新亚饭店，戴望舒与穆丽娟举行了一场隆重的婚礼。那天的天气很炎热，戴望舒为父亲去世守孝还不到一年，但是不自信的戴望舒已经等不及了，他害怕穆丽娟也会像施绛年一样离开他。这一次，他再也不要别离和伤痛重演。

然而戴望舒只把握了开始，却料不到结局。随着时间的流逝，当那些爱情开始的浪漫渐渐消散，两个人的差距和隔阂却越来越显露出来。在戴望舒看来，比自己小十二岁的穆丽娟就像一个孩子，他只需要爱着她养着她就可以。当时的戴望舒想在事业上做出一点成就，终日忙忙碌碌，把心思都放在了写作上，女儿的出生也没有让戴望舒多关心家里。穆丽娟感到自己的生活越来越不平等，戴望舒从未把她当成一个成熟的女人，总是自己做主家里所有的事情，从来不与她商量。

女人的敏感与戴望舒的前后落差让穆丽娟开始怀疑戴望舒的感情，尤其是戴望舒为一首歌《初恋女》写词：

“你牵引我到一个梦中，我却在别的梦中忘记你，现在就是我每天在灌溉的蔷薇，让幽兰枯萎。”

这首歌在当时被广为流传，歌词一句句地刺到穆丽娟的心上，她觉得戴望舒是把自己比作带刺的蔷薇，把施绛年比作美丽的幽兰。

那是个事关民族存亡的多事之秋，随着二战的爆发及日军全面侵华战争深入，一度繁华的大上海沦为一个危机四伏的孤岛。为了避难，戴望舒带着全家去了香港，到香港后，戴望舒成为香港文坛的核心人物，他以文字为武器积极投入到宣扬抗日的斗争中。而被关在家中的穆丽娟更加孤独寂寞，她从小在家被父母宠爱，戴望舒的冷淡和寡言让她委屈万分，两个人的心，在这乱世的颠沛流离中渐行渐远。

大男子主义的戴望舒想把穆丽娟保护在自己的世界里，1940年6月，穆时英在上海四马路被国民党特务刺杀身亡，戴望舒却不让穆丽娟回上海为哥哥奔丧。那一年的冬天，穆丽娟的母亲也去世了，戴望舒竟将报丧的电报扣下。当穆丽娟从好友那里得知噩耗，气急心痛，急忙带着女儿赶回上海。

回到上海的穆丽娟悲痛万分，她没能为哥哥奔丧，也没来得及看母亲最后一眼，往事一幕幕地浮现在眼前，穆丽娟觉得和戴望舒在一起的几年自己受尽了伤痛和委屈，那个她曾经以为可以给她一生浪漫和柔情的男人给她的只有无边无际的孤独寂寥。她还是个二十三岁正当最好年纪的姑娘，再也不想为这个男人让所有的青春都在枯燥寂寞中度过。穆丽娟将一封决绝的离婚信寄给了戴望舒，从此与他各安天涯。

忙碌于工作的戴望舒还不知道他与妻子的感情已经走到了尽头，收到了离婚信的他不敢相信自己的眼睛，急忙赶去上海想找穆丽娟回家。

戴望舒和穆丽娟的结婚照

然而穆丽娟心意已决，戴望舒失魂落魄，又一个女人狠心地离自己而去，埋在戴望舒心里对爱情的自卑和偏执又一次涌上心头。回到香港后，戴望舒在一个寂静的深夜写下了绝命书：“现在幻想毁灭了，我选择了死，离婚的要求我拒绝，因为朵朵已经五岁了，我们不能让孩子苦恼，因此我用死来解决我们间的问题，它和离婚一样，使你得到解放。”这个脆弱的诗人又一次用毁灭自己的方式面对失败的爱情。他吞下了一瓶毒药，所幸被朋友救起。

而穆丽娟听闻这个消息，却决绝地说：“今天我一定要坚持自己的主张，我一定要离婚，因为像你自己所说的那样，我自始至终就没有爱过你！”

这个丁香般结着愁怨的姑娘要的是

浪漫的爱情，之前的她对戴望舒诗人的浪漫抱着美丽的幻想，现在幻想破灭了，五年的感情也付之东流了，戴望舒的以命挽留也弥补不了穆丽娟的怨恨与不理解。1943年1月，戴望舒最终还是同意在离婚协议书上签字。

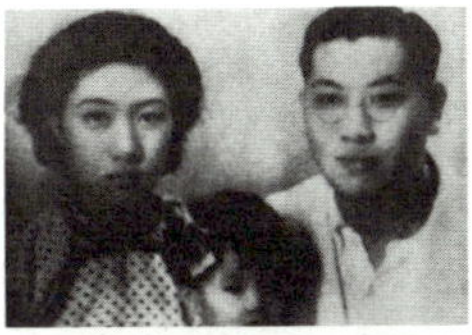

戴望舒、穆丽娟与女儿戴咏素

一直到晚年，穆丽娟回忆起与戴望舒的感情时还说："他对我没有感情，他的感情全都给施绛年去了。"穆丽娟坚定地走在自己那个悠长的巷子里，再也不会回头，她的芬芳，她的忧愁，戴望舒看不懂，那便再也没有朝朝暮暮，再也没有丁香花香的沁人心脾。

此后的戴望舒还有过一段婚姻。他在大同图书印务局与抄写员杨静相识，这个娇小美丽的南方姑娘带着丁香般的芬芳和太息般的目光打动了戴望舒，而

戴望舒、杨静和儿女们

十六岁的杨静也不顾家人的反对毅然决定嫁给比自己大二十六岁的戴望舒。然而结婚后没几年，杨静就受不了与戴望舒枯燥寂寞的生活，当时的戴望舒遭遇过牢狱之灾，生活窘迫还遭到依附日本的冤枉之名，而杨静非但没有理解戴望舒甚至红杏出墙。戴望舒又一次亲手打了自己爱的姑娘，杨静则就势离开了戴望舒，戴望舒在人前一再摇头：“死了，这一次一定死了。”

戴望舒一生都在寻找那个可以和自己相伴一生的丁香般的姑娘，然而每一个与他相识相爱的女子最后都消失在那个长长的雨巷里。在戴望舒生命的最后几年，他一直独自给自己打麻黄素针来控制越来越严重的哮喘病。1950 年 2 月的一天，他照例给自己打针，想好得快一点就给自己加大了剂量，突然心跳剧烈，扑倒在床上就再也没有醒过来。

朦胧中，他仿佛又看到了那个丁香般结着愁怨的姑娘。

那把油纸伞

那个悠长、悠长又寂寥的雨巷

那个丁香一样的结着愁怨的姑娘。

丁香一样的颜色，

丁香一样的芬芳，

丁香一样的忧愁，

她的颜色，

她的芬芳，

她的太息般的眼光

……

就这样消失在他四十五年曲折多舛的生命里，从那一场不对等的初恋开始，戴望舒的爱情就永坠于悲剧之中。他永远走不出那条幽深的雨巷，在一个不可能的丁香姑娘身上，浪费了一生的时光。

Chapter 3

儒雅才情惹红尘

胡适

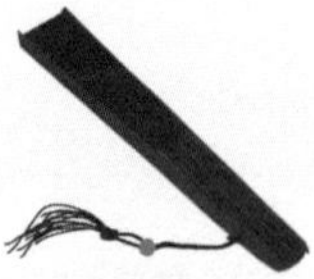

胡适

著名学者、诗人，原名嗣糜，后改名胡适，字适之。 安徽徽州绩溪人，以倡导“白话文”，领导新文化运动著闻于世。

1917 年冬，安徽绩溪。

安静传统的徽州深山小村迎来了一场别开生面的新式婚礼：没有红彤彤的花轿，没有娇艳的红盖头，新郎戴着黑色的礼帽，身着西装礼服，脚穿着黑皮鞋，新娘盘起了长发，身着花袄花裙。没有敲锣打鼓，没有拜天地，他们只是交换戒指，鞠躬交拜。

年轻时期的胡适与江冬秀

这一场别具一格的婚礼，新郎是风度翩翩、留美归来的才子胡适，而新娘是徽州山村里裹着小脚目不识丁的女子江冬秀。

那一天，胡适第一次见到了自己的新娘，他温柔地望着身边的江冬秀，觉得有些歉意又有些疼惜。

胡适知道，为了这一天，江冬秀等了十三年！

胡适早已记不清初次见面的那一年江冬秀的模样，那时的胡适只有十三岁，江家也算是当地的名门望族，而胡适家因为父亲去世，家道中落。江冬秀的母亲看到了眉清目秀、气宇不凡的少年胡适，笃定他今后会功成名就，便有意将女儿江冬秀许配给胡适。只是她赌定了胡适的前途无量，却未曾细想女儿能否在这样的婚姻里得到幸福。

那一年，江冬秀十四岁，情窦初开的她只远远地看了胡适一眼，便定了她一辈子的情义和苦等，她知道母亲为自己选定的未婚夫是个聪颖不凡的男子。

然而胡适刚订完婚便去了上海开始求学之路，江冬秀甚至来不及看到他离去的身影，便带着女子的娇羞与矜持开始了漫长的等待。

那等在季节里的容颜如莲花的开落，东风不来，三月的柳絮不飞，花开花落，年年岁岁，归人却迟迟没有回来。江冬秀却只能从胡适的母亲那里得知一些胡适的消息。

那个少年渐渐成长为风度翩翩的风流才子，在外求学的日子打开了胡适世界的另一扇窗。他博览群书，了解了新的思想和文化，又看到了侵略者的虎视眈眈，危在旦夕的清王朝背负着丧权辱国的条约。他努力地求学，激进过，又因为革命失败的消极情绪放荡过，幸而他及时醒悟，并以国文满分的优异成绩取得了留美求学的机会。

胡适在康奈尔大学

韦莲司

接受了新思想的胡适越来越反对母亲为自己早早订下的这门婚事，他想要的是一个知书达理与他心意相投的女子，可是江冬秀是旧式家庭成长的女子，裹小脚，大门不出，二门不迈，除了读过几本《女戒》《女训》《列女传》之类的书，不识几个字，书信都不会写。

面对母亲的催婚，胡适反对过，但他的心里，终究对母亲是愧疚的。多年求学在外，都是江冬秀帮忙照顾着守寡孤独的母亲，母命难违，他只得以留洋求学为借口将婚期延后，并立誓一定会回来娶江冬秀为妻。

——也想不相思，可免相思苦。

几次细思量，情愿相思苦。

自古才子多风流，而胡适偏偏又风度翩翩，英俊不凡，江冬秀即便能成为胡适明媒正娶的妻子，却怎么能阻挡住其他女人的追逐。

胡适在美国康奈尔大学求学了五年，擅长交际的胡适很顺利地融入了那个美丽浪漫的美国小城绮色佳（伊萨卡，胡适在康奈尔大学学习时用当时的白话文给伊萨卡起了个美丽的中文名字："绮色佳"。）的生活，还常常受邀去当地上流社会人家共进晚餐，也邂逅了他懵懂而青涩的感情。

那是 1914 年的夏天，在一场婚礼派对上，胡适邂逅了那个女孩——韦莲司，她是位新锐女画家，并非美得让人心动，但个性飞扬，聪颖过人，让人过目不忘。后来他们一起出游，一起长谈，胡适常常为韦莲司的见地感到叹服，一个如此有思想和才情的女子，怎能不让胡适心动？

在那样的青春年华，遇见了一个灵魂与自己如此契合的人，胡适有了情窦初开的青涩与思念。后来韦莲司去了纽约，他们便开始了雪花般的信件，只是因为距离和韦莲司母亲强调的礼数，他们都没有捅破，这段懵懂青涩的感情如露水般滴落在胡适年轻

的心里，慢慢散开了涟漪。

时间一晃便是三年，分别的日子终究是到来了，胡适留美的归期将至。韦莲司第一次慌了神，这个聪颖不羁的女子第一次如小女孩般任性，让胡适兑现承诺，一定要再回来，回绮色佳看她。

离别时的胡适也是伤感的，他给韦莲司写信，告诉她自己的不舍，是她丰富了他的生命，想到她就让他喜悦。胡适知道，他和韦莲司的这段感情终不能修得圆满，之间夹杂着异国文化的差异，夹杂着双方母亲的反对，也夹杂着自己是个“本有婚约的人”。

那一年冬天，胡适终于踏上了归乡的路途，他终究要履行这份婚约，迎娶这位从豆蔻年华痴痴守候成老姑娘的江冬秀。胡适并非薄情之人，他愧疚于江冬秀的等待，也感激她这些年对母亲无微不至的照顾。胡适曾经从大洋彼岸给江冬秀写过信，相隔一段时间便会寄上一封，说说自己的近况，有时候还会附上照片，并希望江冬秀可以给他回信。只是江冬秀自幼学识的那些字，拼凑不了一封完整的信件。那一次，她终于鼓起勇气勉强拼凑了一封信，胡适收到姗姗来迟的信件很是高兴，特意写信赞赏江冬秀。只是这一封信，仿佛用尽了江冬秀所有的勇气和言语，之后的江冬秀再也没有回过信件。但是胡适的每一封信件，江冬秀都像宝贝一样珍惜，每次拿起，总是读了又读，那个拥有新思想留洋的博学才子并没有忘记自己，他许她"归来会有期，与君老畦亩"。他知道她十几年的苦心等候，他愿意与她执子之手，与子偕老。

然而，当胡适终于归来约江冬秀见面之时，江冬秀却躲回了娘家，回信说自己偶感风寒，身体微恙，不便相见。胡适便去了江家找她，江家摆宴设酒，来了很多亲戚款待这位留洋归来的才子，只是江冬秀迟迟不肯出来相见。大家起哄着让江冬秀出来，这个守着旧式礼数的女子，早已羞红了脸颊。在众人的簇拥下，胡适来到了江冬秀的闺房，江冬秀却拉下了床帏，死活不肯相见。

———— 百尺的宫墙，千年的礼教，

锁不住一个少年的心！

姑婆们想要强行拉开床帏，胡适制止了，他并没有生气，他知道怨不得她，只是旧式礼节的束缚让她太过矜持。胡适临行时还特意留下信件给她，他不仅体谅“家乡风俗如此，非姊之过，决不怪姊也”，还在信中写明这个冬季归来，他就会正式迎娶她。

她知道自己只是乡村里目不识丁的女子，还早已错过了最美的豆蔻年华，而才华横溢、风度翩翩的胡适早已看过了外面的花花世界。她只能用最后的矜持保护自己，这么多年，她早已把胡适深深埋在心底，他是她的夫君，让她崇拜，让她愿意付出所有的青春苦等。

等了十三年的江冬秀终于盼到了胡适兑现的承诺，那一天，他们终于结为夫妻，被热热闹闹地请进洞房。这一次，他们坦诚相见，她不再躲闪，他也不必再惊扰，一天的热闹归于夜的平静，他们终于可以相依相语。

十三年没见面的相思，于今完结。

把一桩桩伤心旧事，从头细说。

你莫说你对不起我，

我也不说我对不起你，

请牢牢记住这十二月三十夜的中天明月！

想必那时的胡适，也是真的动了情了，新婚燕尔，总是甜蜜的。胡适还写信给韦莲司，告诉她：“我已经结婚七个多星期了，还没向你报告呢！我们夫妻俩相当快乐。相信我们可以相处得很好！”

只是新婚不到十日，胡适便接到蔡元培等人的电话，催他尽快回京任教。胡适百般地不愿意离开，他原想让江冬秀和他一起回京，奈何母亲因为忙着操办婚礼病倒了，需要人在身旁照顾，推托再三，胡适终于又在家与娇妻腻歪了一个月，才恋恋不舍地准备启程。

江冬秀又一次迎来了离别和等待，只是这一次，纵使相思几多苦，她不必再像当年那般不知归期而苦楚，因为相思的另一边，也有胡适。她很快收到胡适的来信，信里有胡适的情诗，写满了赤裸裸的思念。她还是那样羞于回信，勉强回的只是自己能拼凑的寥寥数语，但胡适乐此不疲，总是引诱她给自己回信。

这样的相思胡适没熬过四个月，便把江冬秀接来北京。江冬秀终于过上与胡适相依相守的日子，他们虽然做不到精神上的契合与相投，但生活的柴米油盐江冬秀都愿意细心打点。她不让胡适晚睡，不让他病里看书，胡适抱怨烦恼过，但也看到了江冬秀对自己的疼惜。

很快江冬秀便怀孕了，那时的江冬秀是幸福的，她纵使了解不了胡适内心的世界与境界，但能与他在一起，为他生儿育女，已是满足。

只是她何曾想过，在胡适这片粼粼的湖水里，太多的女子愿意来取一瓢水，哪怕只泛起片刻的涟漪。北大这里不乏聪颖的才女、娇媚的名媛、年轻貌美的女学生……她与胡适的婚姻，终要自己打起保卫战，才能做成那个与他厮守终生的人。

在北京大学任教务长兼文科学长的胡适，既忙于学术和新思想传播，又为革命奔走，创办努力周刊，发表文章。1923 年，胡适终于病倒了，多年的脚气和痔疮一起折磨着他，心力交瘁的胡适决定告假一年，他辞别了在北京的江冬秀，去上海治病休养。这段时间里胡适去了杭州，在那个浪漫的西子湖畔，胡适点燃了让他怦然心动的爱情火花。

胡适

曹诚英

这个女子叫曹诚英，是胡适远房没有血缘关系的表妹，那年胡适和江冬秀的婚礼，曹诚英是一旁清纯的伴娘。那一年，曹诚英十五岁，胡适二十六岁，她微笑着叫他“糜哥”。然而第二年，曹诚英便在母亲的安排下，许配给指腹为婚的徽商后裔许冠英。曹诚英也是学习了新思想拥有着浪漫情怀的才女，对媒妁之言的婚约排斥至极，然而那个年代，女子选择婚姻的自由太难太难，她不得不接受母亲的安排。

1920 年，她考进了浙江女子师范学院，不久后，许冠英也来到杭州第一师范就读，然而这对他们的婚姻却于事无补。许冠英的母亲以曹诚英嫁到许家三年未曾生儿育女为由，给许冠英纳了个小妾，拥有新思想的曹诚英哪里受得了这样的屈辱，一气之下，

右起：汪静之、曹诚英、许冠英、朱自清、叶圣陶、程仰之

她便与许冠英离了婚。

这中间，诗人汪静之曾疯狂追求过曹诚英，却被她一次次拒绝。她说她未曾想好要接受一段感情，然而当儒雅的胡适走进她的世界时，她内心的涟漪却层层波动起来。

西子湖畔的重见，当年的青涩少女已经长成亭亭玉立的曼妙女子，不由得让胡适心头一动。胡适听说了曹诚英的遭遇后，对她更加安慰体贴。曹诚英出生在复杂的封建大家庭，母亲不喜欢女孩，她自幼便被放在乡下的奶娘家照管。父亲早年去世。在曹诚英的世界里，一直都没有父母的关爱，这样的女子，内心深处多么渴望一份温暖和关怀。

胡适约好友在西子湖畔泛舟游玩，

也邀请曹诚英一起。江南春天里的阳光洒落在粼粼的湖面上，洒落在曹诚英美丽的脸颊上。胡适发现，曾经的小表妹如今已经是个魅力四射的女子，这一刻，他甚至不敢直视她。纵使有很多人同游，也没能阻挡胡适与曹诚英的眉目传情。胡适在杭州虽然只逗留了四五日，一颗爱情的种子却已经生根发芽。

回到上海后，胡适的旧病又开始复发，曹诚英写来了信件安慰，信里她亲切地叫他“糜哥”。胡适很快回复了信。曹诚英的爱是热烈而赤裸的，不像江冬秀那样平淡，又不似韦莲司那样理智克制，步入中年的胡适，也被这样一份轰轰烈烈的感情点燃了激情。

胡适重新回到杭州，搬到南山烟霞洞养病，侄子胡世聪来与他同住。正值放暑假的曹诚英也来了，美其名曰，照顾叔侄二人的生活。

远在北京的江冬秀，本还担心胡适照顾不好自己，听说曹诚英去了，心里很是感激，还写信给胡适说，“佩声（曹诚英小名）照顾你们，我很放心，不过她身体不是很好，常到炉子上做菜太热了，怕她身体受不了，我心里很是不安，我望你们另外请一厨

——花瓣儿纷纷地落了，劳伊亲手拾存，

当一封无言的书信，寄给伊心上的人。

子罢”。

可怜的江冬秀怎知晓，烟霞洞这清修寺斋舍，东面只住着胡适和曹诚英两个人，卧室之间只有一层隔板，两人共用一个走廊，而侄儿住在大殿的另一边，东面斋舍已经成为两人幽会的绝佳地方，两人一同品茶下棋、出游观潮。年轻的曹诚英让步入中年的胡适找到了他生命里还未曾绽放过的激情，如潮水般，那一刻爱了，便不管结局只求澎湃一场。

只是快乐的日子总是短暂的，10月初，曹诚英要回学校，离别那夜，胡适辗转难眠，伤感地写下日记：

“睡醒时，残月在天，正照着我头上，时已三点了。这是在烟霞洞看月的末一次了。下弦的残月，光色本凄惨，何况我这三个月中在月光之下过了我一生最快活的日子！今当离别，月又来照我。自此一别，不知何日再能继续这三个月的烟霞山月的‘神仙生活’了！枕上看月徐徐移过屋角去，不禁黯然神伤。”

12月，胡适也回到了北京，他们写信传递着思念，但抵不了相思苦楚。随后一年胡适又三次去杭州，有时胡适去上海办事，便会告知曹诚英，每一次曹诚英都会欣然赴约。他们的恋情，一旁的朋友早看出端倪，加上信件来往不断，作为妻子的江冬秀，怎会不察觉到。

他们小心翼翼地通信，想避开江冬秀的耳目，只是情到深处，曹诚英再也难抵这相思的灼热。在一封信的末尾，曹诚英终于放纵自己喊道："糜哥！在这里让我喊一声亲爱的，以后我将规矩地说话了。糜哥！我爱你，刻骨地爱你。我回家去之后，仍像现在一样地爱你，请你放心……祝我爱得安乐！"

面对曹诚英飞蛾扑火般义无反顾的爱情，胡适也被燃烧得炙热。后来，曹诚英怀上了胡适的孩子，胡适萌生了和江冬秀离婚的念头。1924 年春天，胡适向江冬秀提出离婚。

江冬秀听后勃然大怒，她从厨房拿出菜刀，狠绝道："你要离婚可以，我先把两个儿子杀掉！我同你生的儿子不要了！"这一刻，这个小脚的女子再也不愿意隐忍，哪怕用野蛮的决绝，她也要守卫住自己的婚姻。

江冬秀赢了，而曹诚英，只得堕掉了腹中的胎儿。

中年时期的胡适

曹诚英相信胡适只是碍于江冬秀的狠绝，不敢离婚，她早已把自己全部的心和爱都给了胡适。只是胡适激情过后回归了现实，理智聪明如他，又怎能放任一段婚外情毁掉自己的名声和如日中天的事业。

从二十一岁那一年曹诚英遇见胡适，此时已经十年，一个女子最美的年华都给了胡适。后来，曹诚英去了胡适之前就读的康奈尔大学留学。

这一生，曹诚英没有再嫁，一个人孤老终生。

这一场婚姻保卫战，江冬秀赢了，却让她知道了自己曾经以为坚定的感情其实那么脆弱不堪，她变得敏感不安，疑神疑鬼，甚至泼辣蛮横。可是她偏偏嫁给了胡适这样的男子，就算花儿不移动，也自有蝴蝶翩翩而来。

1927 年，胡适应哥伦比亚大学的邀请去美国做短暂的访问，那个叫韦莲司的女子，又一次走进了胡适的生活，此时距离他们上次相见，已是十年。曾经他们都未曾捅破那层纸，而这次短暂相聚，历历往事涌现在两人的眼前，汹涌的情潮被瞬间唤起的记忆点燃了。

十年了，他们彼此都变化太多，曾经的韦莲司是新锐女画家，而胡适是留美求学青涩的学生，而现在，韦莲司淡出了艺术圈，退回家庭照顾年迈的母亲，已渐渐衰老。而胡适已经成为成熟的男子，三个孩子的父亲，事业卓有成就，意气风发。现在的韦莲司是谦卑的，在她的眼里，胡适已经是一只双翼丰满的天堂鸟，而自己还是一只棕色的小鸟，但她却更加难以自拔地爱上了让自己瞻仰的胡适。

虽然这次的相见非常短暂，但从此，韦莲司的信件就一封封不断地满载着她的爱和思念越过大洋。而胡适面对这位昔日的红颜知己，依旧无话不谈，也将自己的忧心与韦莲司分享。

——— 我们糊里糊涂地替社会上添了一个人，这个人将来一生的苦乐祸福，

这个人将来在社会上的功罪，我们应该负一部分的责任。

每一封信件，对于韦莲司来说都像是一件珍宝，只是胡适常常力不从心。也许爱情对于胡适，从来不能成为生命中最重要的事情，他的爱给得了眼前人，却给不了天长地久。

胡适有时候隔很久只回复韦莲司简短的话语，后来还将去康奈尔大学留学的曹诚英委托韦莲司照顾。为此韦莲司生气过，埋怨过，甚至想就此与他诀别，可是，只要胡适稍给一些柔情和安慰，她心里的防线又一次次崩塌了。

又一次六年的等待，韦莲司终于又见到了魂牵梦萦的胡适。这时韦莲司的母亲已经去世，当初他们因为老人的古板和反对始终不敢越过雷池，这一次，十几年的情缘终于有了彻底的释放。仲夏美丽的夜，他们水乳交融，无尽地缠绵。

这么多年的等待，她终于拥有了他，只是韶光太短，思念却太长，胡适在绮色佳待了十多天又匆匆离去。聪颖如她，知道自己不可能牵绊住胡适的脚步，只是自己十几年的等待早已变成了无法变更的爱和执着，她只能等待。

只是，下一次的相逢又要多少思念和流年。但她依然坚守着

这份爱情，面对别人的追求，韦莲司选择了拒绝。八十六岁那年，韦莲司离开了人世，依旧孑然一身。

胡适就是这样一个谜一般的男子，多少女子甘愿为他等待，为他守候，哪怕飞蛾扑火，也无怨无悔。在美国，胡适远不止韦莲司一个红颜知己，其中有一位叫瘦琴的女子，他们相识在康奈尔大学的校园里，多年来一直通着信件。他说他们是知己，却不经意越过了朋友的界限，胡适去看韦莲司的时候也会去找瘦琴，而胡适每一场在美国的演讲，瘦琴都会去参加……

而在中国，身为北大教授的胡适，又有多少女学生为他的风姿博学倾倒。其中有一个叫徐芳的女学生，在胡适年过四旬之后还拨动他的情丝，他们以诗相赠，一起去百乐门跳过舞。徐芳是魅力四射的曼妙少女，文采飞扬让人欣赏，胡适早已斑驳了双鬓，面对徐芳的感情，胡适心动过，却是理智的，只是徐芳早已抵不住爱情的怒放，她写信给胡适："非常思念你！我爱你！我想要见到你。我最希望的，就是见到你，向你倾吐我对你的爱！……"

胡适本就是一个不平凡的男子，他才华横溢、智慧、儒雅又风度翩翩，于是惹来众多的女子甘愿为他绽放、为他破碎，这样

徐芳，约 1934 年于北平

的女子不胜枚举，也无法一一叙述。而这些女子，他究竟心动过几个，爱过几个，又有谁能让他刻骨铭心，这些也无从分辨。而胡适也给不了她们的爱情一份承诺，一个未来。也许只有那份旧式的婚约，只有那个硬生生塞进他生命里的妻子江冬秀，才能圆胡适这个风流才子一个结局。

江冬秀只是一个平凡的女子，在胡适的生命里，她等待过、隐忍过、爆发过，为了捍卫自己的婚姻，她上演过彪悍和泼辣的戏份，让胡适有过“惧内”的名声。只是这么多年的聚少离多，面对这么多女子对胡适的追逐，面对他的那些“红颜知己”，任哪个女子能按捺住内心的火气，而最后不都选择了原谅。每一步，都源自这个平凡的女子对丈夫最真切的爱，她不求他给自己荣华富贵，不愿意他卷进政治的旋涡，也许她这一生都无法与他心灵契合，却用一颗最朴实的心照顾他的生活。她乐于助人，热心公益事业，胡适的好名声有很多都是她的功劳。

胡适全家福

晚年的胡适看破了政治纠葛，看透了红尘纷扰，只想安度余生，过一段宁静的生活。那时的他们都已斑白了头发。胡适把江冬秀接到美国，虽然生活拮据，但他们相互扶持，自寻生活的乐趣。

然而，一个“中央研究院院长”的身份还是落在了他的身上。蒋介石发布了任令，又多次催他回台湾，胡适无法拒绝，离开江冬秀回台湾的日子，他连早上吃个鸡蛋都能想到江冬秀。

1962 年，那一天胡适正在主持“中

晚年的胡适与江冬秀

央研究院”的招待酒会，突发心脏病，等江冬秀赶到时，胡适已经停止了呼吸。多年的夫妻情分，她竟连胡适的最后一面都没有见到，江冬秀悲恸万分，哭泣了数个小时，甚至昏厥。

十三年后，江冬秀也离开了人世。这十三年，她的大部分时间都在整理和出版胡适的遗稿，努力维持着胡适的纪念馆，维修胡适的墓园。

那一年，胡适写信给江冬秀，许她“归来会有期，与君老畦亩”，她便已经决定要为了他倾尽自己的一生。也许她给不了他怦然的心动，给不了他绚烂的激情，但时光流转，她对他，一直心若磐石。

Chapter 4

我是一个任性的孩子

顾城

也许
我是被妈妈宠坏的孩子
我任性
我希望
每一个时刻
都像彩色蜡笔那样美丽
我希望
能在心爱的白纸上画画
画出笨拙的自由
画下一只永远不会
流泪的眼睛
一片天空
一片属于天空的羽毛和树叶
一个淡绿的夜晚和苹果
我想画下早晨
画下露水
所能看见的微笑
画下所有最年轻的
没有痛苦的爱情
……

顾城

中国朦胧诗派的重要代表诗人，被称为当代的“唯灵浪漫主义”诗人。

顾城的诗带着哲思与浪漫，带着童话和梦幻，看似纯真无瑕、扑朔迷离，却又充溢着一股淡淡的忧伤。诗人舒婷形容顾城说：“你相信了自己的童话，自己就成了童话中幽蓝的花。”顾城就仿佛是自己编织的童话世界里永远长不大的孩子，他的一生都在追寻纯粹的爱情，追寻单纯的生活，追寻梦中的世外桃源。

想必那个童话世界里，还有顾城美丽的妻子谢烨。顾城说：“谢烨就是我心中的维纳斯。”他们相遇、热恋、结婚、生子，一起住进世外桃源，到哪儿都形影不离。一对才子佳人珠联璧合，煞是让人羡慕。然而，童话故事的结局却是那样地触目惊心。如果料到最后的结果是伤痛和死亡，是否还会再期待初次相遇的美好呢？

人生若只如初见，如果时光定格在他们初次相遇的那个夏天，那么就不会有背叛和凋零。

青年时期的谢烨

那是1979年的夏天，二十三岁的顾城原本跟着父亲去上海电影制片厂改剧本，但是在上海住了十几天，顾城就对上海的商业气息感到厌烦了。那一天，顾城刚走出房间，一阵风吹来，把门给关上了。顾城没有带钥匙进不去房门，突然就生起气来，对整个上海都愤怒了，他不管父亲生气，执意买下了回北京的火车票。而正是那张匆匆买下的火车票，让顾城遇见了他一生都难以承受其重的爱情。

那一天，让一生改变。

火车上人很多，顾城挤上了火车便

匆匆坐了下来。他习惯性地看着窗外，看着树木在奔驰的列车外，如幻影一样飞逝而过。看着看着便有些累了，顾城扭了扭脖子。这个时候，他看到对面坐着一个纯净甜美的女孩，阳光透过玻璃在女孩的脸上洒下斑驳的影子，在她分明的棱角上印上了金色的光圈。那一刻顾城觉得自己被眼前的美景融化了，却又有点紧张地不敢把目光停留住。

于是顾城开始跟周围的人说话，为了引起谢烨的注意，他拿出画笔给周围的老人、孩子、夫妻画画，他画了谢烨身边的每一个人，却一直没有画谢烨，也不敢与她搭话。

一直到了晚上，周围的人都睡了，只有顾城和谢烨没有睡意。伴着鼾声和铁轨撞击声，顾城终于和谢烨说上了话。

那时的顾城已经是中国小有名气的青年诗人，谢烨也是文艺爱好者，很早就喜欢顾城的诗，她看着眼前戴着像厨师帽一样的男人，没想到他就是自己喜欢的诗人。

顾城后来在写给谢烨的信里面描述了他们第一次见面的场景：

我们是怎么开始谈话的，我已经记不得了，只记得你用清楚的北京话回答，眼睛又大又美，深深的，像是梦幻的鱼群，鼻线和嘴角有一种金属的光辉。我不知道该说些什么，就给你念起诗来，又说起电影，又说起遥远的小时候的事。你看着我，回答我，每走一步都有回声。我完全忘记了刚刚几个小时之前我们还很陌生，甚至连一个礼貌的招呼都不能打。现在却能听着你的声音，穿过薄薄的世界走进你的声音，你的目光，走着却又不断回到此刻，我还在看你颈后的最淡的头发。

飞驰的火车带着顾城和谢烨穿过了黑夜，奔向日光熹微的清晨，他们到达了目的地北京。顾城听见列车员报火车到站的声音，变得急躁起来。

在时间无涯的荒野里，没有早一步，也没有迟一步，就这样与你相遇，又怎么能这样便匆匆地散落在人海之中？顾城着急地从包里掏出一支笔、一张纸，写下自己的地址，礼貌又带着点焦躁地在下车走散之前把纸条塞到谢烨的手里。

谢烨打开手上的纸条，字迹清秀，因为匆忙，墨渍有点被晕染了。谢烨有些欣喜，又有些不知所措，她犹豫了很久，找了很

你应该是一场梦，

我应该是一阵风。

多理由，终究还是去了顾城家找他。谢烨沿着长长的长着白杨树的道路走到顾城家门前，轻轻敲了门。

开门的是顾城的母亲，她好像已经知道了谢烨似的，热情地领着她进门，很专注地看着她。这时顾城从房间里走了出来，看到谢烨，顾城欣喜地笑了，像个单纯的孩子看到了等待许久的宝贝。

顾城领着谢烨来到自己的房间，屋子里堆满了各种各样的书和纸稿，顾城给谢烨念起了自己写的诗：

黑夜给了我黑色的眼睛

我却用它寻找光明

谢烨告诉顾城，自己不久之后就要回上海了，谢烨和母亲住在上海，她的父亲曾经是个考古学家，但因为那个年代所谓的“政治问题”被下放到了承德，母亲也被迫与父亲离了婚。谢烨这次从上海来北京是要转车去承德看望父亲。

我知道，

你在一个地方

在呼吸

在笑

在拍碎波浪送来的

一千朵太阳

谢烨走的那天，顾城去送她，一路上他们几乎没有说话，像是在静静地听着彼此的心跳，彼此都知道，这是开始而不是告别。临上火车的时候谢烨问顾城：

“你会给我写信吗？”

顾城说：“会的。”

“会写多少？”谢烨问。

顾城用手比了比，那厚度至少相当于两部长篇小说。

之后的顾城和谢烨，把爱情和思念写进了信里，开始了缠绵不绝的情书来往。一写竟是好几万字，一写竟是好几年。

顾城在信里写道：

太阳落山的时候，你的眼睛充满了光明，像你的名字，像辉煌的天空。我将默默注视着你，让一生都沐浴着光辉。

谢烨回信道：

我们在一起的时间很短，而命运是漫长的。这会儿，起风了，风吹起我的头发，好像把我的灵魂也吹得升起来，我闭上眼睛就能看见你，你会飞，眼睛里映着我和世界……

相隔着一千多公里的距离，再炙热的书信、再多的笔墨也道不尽彼此的爱恋与思念。顾城终于忍受不住相思的煎

熬，要去上海找谢烨。正巧那时上海电影制片厂又把顾城的父亲顾工请去改剧本，虽然顾城之前很不喜欢上海，但是因为那座城市有着自己日夜思念的姑娘，竟变得熠熠发光，那般令人向往。

顾城迫不及待地奔去上海，看到日夜思念的谢烨那一刻，顾城就知道，他要的是与谢烨携手一生。父亲顾工见了谢烨，也非常喜欢这个温婉动人的姑娘，顾工说谢烨是“集西方美与东方美于一身”。得到了父亲的赞成，顾城原本呼之欲出的决心更加迫不及待了。

那一天，顾城走到谢烨家门口，敲开门便坦率地告诉谢烨的家人，他这次来是想向谢烨求婚。谢烨看着顾城信誓旦旦又焦急的样子，觉得又感动又着急。谢烨的家人被顾城这突如其来的言

语弄得有些不知所措，眼前的这个小伙子只是听谢烨提起过，未曾见过，也不敢这么轻易应允婚姻这么重要的事情。

固执的顾城竟不肯离开，他准备了一个大箱子，箱子的长度正好可以让自己躺在里面。于是，顾城就守在谢烨的家门口，不得到应允就不肯离去，到了晚上，就和衣躺在箱子里过夜。

谢烨的家人最终拗不过这个冲动、执着的顾城，三天三夜之后，他们同意了顾城与谢烨的婚事。顾城激动地抱住谢烨，觉得幸福就像开了花一样散落在上海美丽的夜里。

1983 年 8 月 8 日，又是一个阳光四溢的夏天，顾城与谢烨在上海正式结为夫妻。

我想画下早晨，画下露水，

所能看见的微笑。

画下所有最年轻的，

没有痛苦的爱情。

顾工在上海为顾城和谢烨买了一套房子，作为结婚礼物送给他们，房契上写的是谢烨的名字。新婚的顾城和谢烨沉浸在甜蜜的幸福中，顾城爱谢烨爱到内心深处，就像是爱着另一个自己，谢烨一颦一笑都牵动着顾城的心。就像顾工所说的："顾城非常了解谢烨，只要谢烨眼睛一动，顾城就能猜到谢烨在想什么。"

而谢烨也非常体贴顾城，知道顾城终究还是不喜欢上海，于是谢烨辞掉了上海的工作和顾城一起到北京，陪他一起进行诗歌创作。谢烨的骨子里也是个热爱文学和诗歌的雅致女子，她鼓励顾城创作，帮助他整理书稿。在谢烨的支持下，顾城文思泉涌，在他们婚后的五年时光里，顾城的诗歌创作达到了一个高峰。

二十世纪八十年代，人们经历了特殊的时期，又迎来了改革

1987 年 5 月，从左往右为顾城、谢烨、李英与文昕

开放，渴望自由呼吸，喜欢随性的创作。那个年代涌现了很多知名的诗人，而顾城以他特殊的童话浪漫的风格成为当时朦胧派诗人的代表，他的诗歌不仅在国内受到很多人的追捧，在全世界都得到了认可和赞赏。各国的邀请接踵而至，甚至有“诺贝尔奖”的评委之一，“欧洲汉学会”主席——一位满头银丝的老人亲自从瑞典到中国来约见顾城，并对顾城的诗作大加赞赏。

顾城每次接受世界各地的邀请去参加诗歌节、领奖或是讲座，都一定要把谢烨带在身边，即使邀请函上没有谢烨的名字，顾城也不管不顾。虽然结婚已经四五年，但顾城对谢烨的依恋却越来越深，像是不可分割的连体儿一样形影不离。

顾城、谢烨与朋友在新西兰自己家中

德国、芬兰、丹麦、瑞典、法国、英国……顾城把自己的诗歌和汉文化带到了欧洲各国，不管走到哪里，他依旧穿着自己钟爱的中山装，戴着高高的帽子，牵着自己挚爱的妻子的手。

各地的奔波和演讲，鲜花和荣耀，并没有让顾城有成就感，甚至有些疲惫。顾城不善交际，也不会说英语，而谢烨外向开朗，通情达理，不仅学会了英语，还帮助顾城与翻译沟通。也许没有谢烨，以顾城的内向和任性，他更愿意自己一个人躲在诗歌的童话世界里创作属于自己的诗篇。顾城的骨子里就是一个渴望自由和纯净的人，从小他就向往“采菊东篱下，悠然见南山”般的生活，远离城市的喧嚣，这个信念也从来没有因为荣誉和掌声而消退过。

一次偶然的机会，让顾城找到了自己梦中的世外桃源。那是

顾城的儿子
小木耳

1988 年，顾城被新西兰奥克兰大学聘请为亚洲语言文学系研究员。到达了新西兰之后，顾城和谢烨在一次旅游中发现了一个遗落世外的珍珠小岛——激流岛。这个小岛上繁花似锦，阳光明媚。顾城踏上这个岛便深深爱上了这里，他觉得这是上天赐给他的礼物，让他真正有机会拥有一片脱离尘世纷扰的净土。

这是偶然的机遇，也是宿命使然。顾城去了一次激流岛之后便对它念念不忘，执意要去激流岛上过隐居的生活。那时的谢烨本想着与顾城一起在奥克兰生活，面对顾城要放弃优渥的薪资和稳定的生活，谢烨觉得很委屈。虽然开朗爱交际的她一直都渴望城市的生活，但是面对心意已决的丈夫，谢烨又一次选择了追随顾城的脚步，这就是谢烨的爱，没有顾城那么张扬，但就是这样默默地用自己的行动包容着顾城，帮助着顾城。

初到激流岛的时候，他们连住处都没有，一砖一瓦都要自己亲手搭建，但是顾城却充满着热情和兴奋。他和谢烨一起动手搭建了房屋，甚至开辟了自己的院子、菜园和鸡窝。

激流岛是美丽的，世界四季更替，这里却永远绽放着春天，如果他们就这样在岛上过着安定的生活，虽然清苦，但两个人在一起，生活便是只羡鸳鸯不羡仙。

然而两个人的世界却偏偏被打破了，一切的纯净和美好便开始留下裂痕。第一个来打扰他们二人世界的便是孩子的诞生。顾城喜欢女孩，当得知谢烨生的是男孩之后，顾城便一直对孩子很冷淡。他们给孩子取名“小木耳”，谢烨对小木耳灌注了很多的爱，这让顾城更加怅然若失，任性孩子气的顾城竟觉得孩子剥夺了谢烨对自己的爱。

另一个闯进他们世界的是一个叫李英的女子，给他们纯粹的爱情划了一道不可弥补的伤口。顾城遇见这个女子是在北京参加一个诗歌研讨会时，会场上大家争辩得异常激烈，最后竟把矛头

顾城、谢烨、英儿

指向了顾城，说顾城的诗歌表现形式过于幼稚。一直在自己的世界里专心地写诗的顾城，对着突如其来的场面有些不知所措。这时一个女孩站起来，表示自己非常喜欢顾城的诗歌，如果大家再这样妄加评论，她就立刻退出会场。或许是不想让这种无谓的争议扩大化，刚刚争论得面红耳赤的人们突然安静下来。

顾城抬头看到了这个为自己义愤填膺的女孩，她面目清秀，白皙的皮肤因为生气有些涨红了。女孩也触到了顾城的眼睛，那一瞬间的四目相接，竟迎来了一生的爱恨牵绊。

会后，顾城找到女孩，向她道谢并主动询问她的情况，女孩告诉顾城自己叫李英，一直都很喜欢顾城的诗。见自己崇拜的诗人主动跟自己搭话，李英羞涩地红了脸，两个人就这样一起离开会场，在路上走了很久。这一路上有顾城感谢的话语，有对诗歌的见解，也有不约而同的心潮澎湃。

之后两个人便开始了书信的来往，没有恋人那么频繁，又不像普通朋友那样寥寥数语，顾城有时候还把自己未发表的诗篇写给李英，而李英会把自己的生活写进信里，与顾城分享自己的开心与哀愁。顾城叫她英儿，李英信中透露出来的稚嫩与娇柔让顾城的心不知不觉泛起了涟漪，顾城却从未察觉他们之间有什么不妥。

直到1990年，一次李英来信，告诉顾城自己要来奥克兰，但是没有住处。顾城毫不犹豫地回信给李英说："不如你来跟我们同住吧。"当时的顾城心里是纯净的，而谢烨也表现出了她一直以来的无私，还帮忙攒钱为李英买了一张机票，竟这样顺理成章地成全了一段绯色的故事。

李英来到激流岛与顾城夫妻一起生活，顾城在他们住的房子旁边又为李英搭建了一间屋子。李英欣然接受着顾城对自己的照

草在结它的种子，
风在摇它的叶子。
我们站着，
不说话，
就十分美好。

顾，夏日的小岛弥漫着暧昧的气息。

一天夜里，谢烨带着小木耳去朋友家玩，还没有回来。李英在浴室里洗澡，叫唤顾城给她递毛巾，顾城自觉有些尴尬，却还是去了。大胆的英儿竟赤裸着与顾城相见，顾城只觉得身体像是被蛊惑了一般，不禁要去触碰那白皙的胴体，空气中涌动着欲望的火花，照亮了旖旎的夜晚。

谢烨得知了顾城和李英的事情，一颗心跌落到了谷底，但出乎意料的是，她并没有咒骂、怨恨，甚至没有争执，而是平静地接受了这一切。从遇见顾城的那一天开始，谢烨对顾城的爱就一直那么真挚而无私。在她的生命里，多少次为了顾城，她放弃了自己的生活，放弃了喜欢的城市。这一次，她依然选择了妥协，用无私包容了任性的顾城，爱一个人，爱得低到了尘埃里，开出花儿来。

他们竟这样相安无事地在这个与世隔绝的岛上过上了一男两女的生活。红玫瑰与白玫瑰，顾城都爱，一个素净温婉，一个娇艳似火，顾城离不开谢烨的温柔体贴、细心周到，却被李英的娇嫩炙热点燃了激情。他带着李英去游玩，去放风筝，累了，尽兴了，就脱掉衣服赤裸地躺在草地上。顾城觉得李英像是从未被世俗沾染过的小女孩，带着浪漫天真，毫不掩饰，顾城仿佛在她身上看到了自己。

李英的到来让顾城和谢烨本来就很拮据的生活变得更加艰难了，顾城的稿费本来就很少，却不愿工作，也不愿学习语言与岛上的人沟通，都靠谢烨卖鸡蛋做点小生意维持生计。面对填补不了的开销，顾城竟让谢烨把儿子小木耳送到别人家寄养。听到顾城的想法，谢烨几乎到了崩溃的边缘，她容忍自己的丈夫和别的女人共处一室，如今还要让她骨肉分离，谢烨就这样陷入到爱情的囚牢里，她对爱情的纵容竟是对自己的放逐。

顾城觉得李英就是那个涉世未深的小女孩，只要童话里天真

我从没被谁知道，所以也没被谁忘记。在别人的回忆中生活，并不是我的目的。

烂漫的爱情，然而，李英却不像顾城想的那么单纯。她还年轻貌美，要来了奋不顾身的爱情，物质和未来又成了更大的诱惑。在顾城和谢烨去德国讲学的时候，李英竟跟一个英国人私奔了，为了一张绿卡，她草率地完成了一场没有爱情的婚姻，甚至没有留下只言片语。顾城面对李英的离去，那颗玻璃般脆弱的心跌落成一地的碎片。他接受不了自己幻想的纯粹爱情这样被玷污，精神几乎要崩溃，甚至几次要自杀，但都没有成功。

无处宣泄的顾城把内心的纠结与绝望融入自己的笔墨之中，他每天奋笔疾书，要把李英和自己的故事写成长篇小说。面对痛不欲生的丈夫，谢烨竟帮助顾城一起创作这部写着别的女人的作品。很多人觉得谢烨的举动让人费解，但谢烨坦诚地说：“有人说我傻，甚至怀疑我根本不爱顾城，其实我是太爱他才为他做了

SUNDAY ☆ BOOKS

Gu Cheng on the isolation of being a poet: "Having your poetry read is like being a fish displayed frozen on a fishmonger's slab. People say it tastes good but no one would like to swim in the sea with it."

"I tried hard to learn to be a good Chinese person — that is, a general spare part in a large machine, a nut or a bolt. But before I learnt to be that, the machine broke down and we had the Cultural Revolution. I was 10 when it started." (Photos by Phil Doyle).

我是一个任性的孩子，

我想擦去一切不幸，

我想在大地上，画满窗子，

让所有习惯黑暗的眼睛都

习惯光明。

很多牺牲。唉，谁也说不清爱是什么东西。”

也许这就是谢烨的爱，为了帮助顾城走出绝望的困境，她帮助不会打字的顾城，采用顾城口述，由她记录的方式完成了《英儿》的创作。这本纪实型的小说记录了顾城对李英炙热的爱情，甚至夹杂着对性欲的描述。谢烨是用什么样的心情记录下来的，那字句是否像尖刀般在谢烨的心里划下一道道的伤痕？

而顾城迷失在李英的情殇里不能自拔，完全没有在乎谢烨的感受，他甚至对朋友说：“我和英儿是天生就似一对地相似，而谢烨是经过我后天改造的。”顾城太天真了，他以为自己的妻子可以无私地接纳他的感情。可是哪个女人可以接受自己心爱的丈夫用生命去怀念另一个女子？在完成《英儿》的创作后，顾城松了口气。而谢烨那般煎熬地陪着顾城完成这字字刀剜般的书稿，她对顾城的爱，也彻底死掉了。

谢烨太累了，她想帮顾城走出阴影，顾城却选择用沉默来拒绝，曾经再炙热的爱情都被消磨殆尽了，长久压抑的谢烨只想逃脱。谢烨甚至在写给父亲的信里说：“如果现在出现任何一个人，不管是谁，我都会立刻爱上他。”

谢烨陪伴顾城在德国讲学的时候，曾经有一个德籍华人疯狂地追求过谢烨，顾城还曾因为这件事情与谢烨吵得不可开交，却没有想过那时的自己正陷入和李英的感情里。这个德籍华人知道了谢烨的境遇之后便打算到岛上来找谢烨，谢烨面对和顾城早已经凋谢的感情，渐渐动了心，她想离开，却又担心顾城的安危。

各怀心事的顾城和谢烨，异国他乡的苦闷化成了对家乡的思念。1993年3月，他们一起回了一趟北京，彼此见到了各自的父亲，约见了好友，多年在外的游子归来，那一个拥抱就让人热泪盈眶。走的那天，两位父亲都去机场送他们，两位老人挥着手向顾城和谢烨道别，然而意想不到的是，这一别，竟成了永别。

你，

一会看我，

一会看云。

我觉得，

你看我时很远，

你看云时很近。

离开北京才半年的时间，1993 年 10 月 8 日，便传来了让人震惊不已的消息——顾城和谢烨双双毙命激流岛。警方在现场发现了斧头，谢烨倒在血泊之中，而顾城上吊在一旁的树上。新闻报道之后引起了海内外的震惊和热议，谁都不愿意相信，顾城这样浪漫的童话诗人竟会亲手杀害了自己的妻子，然后自杀。

那一年，顾城三十七岁，谢烨三十五岁。人生还有很多可能，很多人不明白为何顾城会这样残忍地杀害谢烨。据同住激流岛的顾城的姐姐顾乡说，顾城在经历了几次想自杀之后，时常精神恍惚，甚至有精神病的迹象，顾城已经和谢烨协议好了要离婚，而谢烨因为害怕顾城的精神状况已经搬去和顾乡同住。

而在后来发现的顾城写的遗书里面，也流露出对谢烨要离开自己的愤恨和绝望。上天赋予了顾城天生的敏感与才思，却让他陷入自己情感的洪流中不能自拔。曾经的童话诗人变成了亲手杀死自己妻子的凶手。那触目惊心的一幕，真是让人痛心疾首。

人生若只如初见，如果时间定格在相遇那一天，顾城在火车上第一次见到谢烨，她的眼睛又大又美，深深的，像是梦幻的鱼群……那一定是顾城生命中最美的画面。

Chapter 5

有爱情的婚姻，
乃是人间无可比拟的幸福

梁实秋

冰心说：“一个人应该像一朵花，不论男人或女人。花有色、香、味，人有才、情、趣，三者缺一，便不能做人家的一个好朋友。我的朋友之中，男人中只有实秋最像一朵花……”

梁实秋

出生于北京，浙江杭县（今余杭）人。中国著名的散文家、学者、文学批评家、翻译家。

的确，梁实秋像一朵花：花开的时候倾情绽放，用尽所有的芬芳，凋零后黯淡凄凉，但还会有下一个花季，等待他的绚烂。

在爱情里，梁实秋是幸运的，这一生，他拥有两段爱情，既有刻骨铭心，又有细水长流。

梁实秋的第一段感情，是和他相濡以沫近五十年的结发妻子程季淑。

梁实秋与程季淑的相识是在1921年的秋天，那时的梁实秋正在清华大学念书。那一天，梁实秋周末回家时在父亲书房桌上的信斗里发现了一张红纸条，上面工楷写着“程季淑，安徽绩溪人，年二十岁，一九零一年二月十七日寅时生”。梁实秋的心一动。聪明如他自然知道这是家人为他选定的未婚妻。梁实秋并不抵触，反而充满了好奇和期待，便去问大姐关于这个未谋面的“未婚妻”的情况。

大姐很亲切地告诉梁实秋：“我看她人挺好，蛮斯文的，双眼皮大眼睛，身材不高，腰身很细，好一头乌发，挽成一个髻堆在脑后，一个大篷覆着前额，我怕那篷下面遮掩着疤痕什么的，特地搭讪着走过去，一面说着‘你的头发梳得真好’，一面掀起那发篷看看。”

梁实秋赶快问：“有什么没有？”

“什么也没有。”

梁实秋如释重负，和大姐相视而笑。问完了情况，梁实秋更想赶紧见见这位程小姐了。

梁实秋想了又想，决定自己直接写信给程季淑，问她愿否做个朋友。却又恰逢程季淑转校，几经周转终于打通了程季淑的电话。

程季淑听到电话那头梁实秋的名字，不由得一惊，半晌没说出话来，梁实秋便直截了当地要求去见面一谈。程季淑被梁实秋如此直接的邀约弄得有些羞涩，支支吾吾地总算是答应了。

梁实秋听着电话那头程季淑说话的声音，觉得声音之柔和清脆是他从未听到过的，需用“珠圆玉润”四字形容才恰当。挂上电话的梁实秋便觉得自己仿佛受了刺激，受了震惊，满心期待着与程季淑的相见。

等待相见的日子是那般难熬，终于盼到那个相约的星期六。梁实秋在清华园坐人力车到西直门，约一小时的路程，却让梁实秋觉得那是漫漫的长途。到西直门换车进城，又走了半个多小时，终于在悠长的巷子里找到了程季淑教书的学校。在会客厅等了许久，程季淑终于出现了，身边还带着一个朋友，正是这位朋友的父亲给梁实秋和程季淑做的媒。不大的工夫，朋友托故离去，程季淑急得直叫：“你不要走，你不要走！”

梁实秋看着面前的程季淑，一件灰蓝色的棉袄，一条黑裙子，长抵膝头，不施粉黛，一身朴素不过的学生装，却正是梁实秋喜欢的那般温婉清纯。那一天梁实秋穿的是一件蓝呢长袍，挽着袖口，胸前挂着清华大学的校徽，穿着一双棕色皮鞋。好多年后程季淑对梁实秋说，她喜欢梁实秋那一天的装束，也因为那是普通的学生样子。

短暂的初次见面大约有半小时。屋里有一个小火炉，阳光照在窗户纸上，使小屋和暖如春。这是北方旧式房屋冬天里所特有的一种气氛。程季淑不是健谈的人，她有几分矜持，但是并不羞涩。梁实秋起身告辞，并在分手之前约好了下次会面的时间与地点。

之后的梁实秋与程季淑便开始了每周一次的约会，中央公园、北海公园、太庙……都留下了他们并肩而行的身影。梁实秋多年后回忆起他们起初约会的场景说："等人是最令人心焦的事，一分一秒地耗着，不知看多少次手表，可是等到你所期待的人远远

后排右二为闻一多，
前排右二为梁实秋

地姗姗而来，你有多少烦闷也丢到九霄云外去了。”

1923 年 6 月，梁实秋从清华大学毕业了，而 8 月他便要去美国留学。梁实秋有些不想去，他不愿意离开祖国，离开心爱的女子，但知书达理的程季淑毅然坚持让梁实秋出国，纵使会有别离的痛苦，她也希望梁实秋可以得到更好的发展。

毕业那一天，梁实秋动情地对程季淑说，留学三年归来，他便娶她为妻。

临行的前一天，他们相约在一个茶馆里，那一天又是风又是雨，梁实秋便提议去影戏院看影戏。影戏开幕的铃声一响，屋里昏黑起来，影片像逸马一般在他们眼前飞游过去，梁实秋的情思也跟着旋转起来。那一天，梁实秋紧紧地握住程季淑的手，没有说一句话。影片忽地一卷演讫，屋里的光线放亮了一些，梁实秋看见程季淑的乌黑眼珠正在不瞬地注视着他，影戏里放的什么，他们一点儿都没看进去。

从影戏院出来的时候，又下起了蒙蒙细雨，园里的电灯全亮起来了，照得雨下湿的地上闪闪发光。远远地听到钟楼的“当当”的声音，时断时续地传过来，让人觉得凄凉黯淡……梁实秋扶着程季淑缓缓地步入餐馆。疏细的雨点像是天公的泪滴，洒在他们身上。

程季淑平时是不饮酒的，这天晚上却斟满一盏红葡萄酒，举起杯来低声对梁实秋说：“祝你一帆风顺，请尽这一杯！”梁实秋已经泪珠盈睫了，无言地举起一杯，相对一饮而尽。餐馆的侍者捧着盘子在旁边诧异地望着他们。

他们就这样开始了三年的别离。

梁实秋到了美国后，随即前往科罗拉多泉去上学。那是个风景优美的地方，而梁实秋却无心读书也无心游乐，心里满是对程季淑的思念。在那个年代，他们只能把思念写进书信里，等待那封信漂洋过海，投递到心爱的人身边。

在一封封写满思念的信件中，在彼此坚守的不离不弃中，三年离别的时光终于过去了。1926 年 7 月，梁实秋终于回到了祖国。梁实秋到南京取得国立东南大学的聘书，就立刻北上天津。他从上海致快函给程季淑，约她在天津见面，然后一同返京。

程季淑却没有来，事后程季淑对梁实秋说，“名分未定，行为不可不检”，梁实秋觉得程季淑说得很对，也对她肃然起敬。

久别重逢的那一天，程季淑对梁实秋说：“华，你好像瘦了一些。”满心的思愁人怎会不瘦，梁实秋觉得程季淑也显得憔悴了不少。他们所谈的第一桩事是商定婚期，因为 8 月底梁实秋就要去南京东南大学教课，他们把婚期定在了寒假。

梁实秋到南京去授课后，在东南大学校门正对面的一条小巷，租下了一栋房子，准备作为他们的新房。梁实秋天天四处奔走购置家具等物，寝室墙刷粉红色，书房淡蓝色，有些东西还需要设计定制。足足忙了几个月，事妥后他写信给程季淑：“新房布置一切俱全，只欠新娘。”

南京的冬天阴冷潮湿，屋里还没有取暖的设备。程季淑用蓝色毛线织了一条毛裤，邮寄给梁实秋。一排四颗黑扣子，上面的图案是双喜字。梁实秋穿在身上说不出地温暖，一直穿了几十年。

结婚的日子终于到来了，1927 年 2 月 11 日，梁实秋与程季淑在北京南河沿欧美同学会举行了婚礼。那一天，天很冷却很晴朗，程季淑头上戴着茉莉花冠，脚上穿的一双高跟鞋，粉红色缎子做的，上面缝了一圈的亮片，走起路来一闪一闪的。梁实秋觉得程季淑美极了，紧张的梁实秋不知在什么时候把戒指甩掉了，程季淑安慰梁实秋说："没关系，我们不需要这个。"

新婚的时光并没有过得无忧无虑，当时南京的时局变得紧张起来，国民革命军北伐逐步迫近南京。梁实秋找程季淑商量，果断的程季淑决定立刻起程。兵荒马乱的时候，季淑换下她鲜艳的服装，改穿朴素的黑皮鞋，上身驼绒袄之外罩上一件粗布褂，匆匆坐上南下的火车，赶往南京。

然而南京市面已经有些不稳，散兵游勇满街跑，遇到马车就征用。梁实秋与程季淑在南京的新房里共住了五天，窗外不时传来遥远的炮声。他们只能躲在屋里，什么地方也没去。

梁实秋的朋友来拜访，劝梁实秋夫妻到上海暂避。到上海的

——你走，我不送你；

你来，无论多大的风雨，我要去接你。

火车已断，梁实秋带着程季淑搭上了太古的轮船，有心爱的人在身边，连逃难都变得像是蜜月中的旅行。

上海三年的生活是艰苦的，他们在爱文义路众福里租下了一栋房子，那是典型的上海式标准的一楼一底的房，比贫民窟要算是略胜一筹。老式的筒子楼里，邻居各式各样的人都有，很多地方都是几家合用，隔音效果也不好。

梁实秋和程季淑虽然僦居穷巷，这样的陋室却因为爱人在身边变得温暖而幸福。梁实秋每天夜晚上班发稿，事毕立刻回家，从后门进来匆匆登楼，程季淑总是靠在床上看书等着梁实秋归来。

有一次程季淑问梁实秋："你上楼的时候，是不是一步跨上两级楼梯？"

"是的，你怎么知道？"

"我听着你的嗵嗵响的脚步声，我数着那响声的次数，和楼梯的级数不相符。"

梁实秋的确是恨不得一步就跨进屋，回到温暖的家，回到程季淑的身边。

梁实秋结婚照

不久后，程季淑便怀孕了，女儿的诞生给他们的家庭又带来了新的欢乐。程季淑喜爱孩子，四年之间生下了三女一子，她无法分身去谋职业，亦无法分神去寻娱乐。

在上海的几年，梁实秋与程季淑搬了好几次家，第三年他们终于搬到了一间有阳台、壁炉、浴室、卫生设备的房子。程季淑在那里生下第三胎，也是他们唯一的儿子文骐。照顾四个孩子，很不简单，爱美的程季淑把头发剪了，不再有梳头的麻烦。为了节省家用，程季淑买了一架胜家缝纫机，自己买布裁剪做缝纫，连孩子的大衣也是自己做。

中秋前后的一天，梁实秋的朋友徐志摩匆匆跑来，悄悄对他说："有人请吃花酒，要我邀你去捧捧场。你能不能去，先去和尊夫人商量一下，若不准你去就算了。”梁实秋上楼去告诉程季淑，程季淑笑嘻嘻地一口答应：“你去嘛，见识见识。”不一会儿，赶忙又问了一句，“喂，什么时候回来？” “当然是吃完饭就回来。”

酒席回去后，程季淑问梁实秋感想如何，梁实秋说：“买笑是痛苦的经验，因为侮辱女性，亦即是侮辱人性，亦即是侮辱自己。男女之事若没有真的情感在内，是丑恶的。”

这是梁实秋在上海三年唯一的一次经验，以后也没再有过。

1930 年的夏天，梁实秋被请去青岛教书，程季淑带着孩子随梁实秋一起去了青岛。他们在海滩附近租下了一栋房子，他们常常带着孩子们去海边游泳晒太阳。

在青岛的四年是梁实秋快乐而幸福的时光，他也正是在那个时候开始了莎士比亚作品的翻译工作。而梁实秋接受这份工作，也离不开程季淑的决断与支持，程季淑怕梁实秋过于劳累，一年只许他译两本。他们计划用二十年完成莎士比亚的全部译作，而事实上梁实秋用了三十多年的工夫！

梁文蔷和父亲梁实秋、母亲程季淑合影

胡适一直有意邀请梁实秋去北京大学教书，几经磋商，1934年7月，梁实秋按约定带着程季淑和孩子们回北京。他们住进了梁实秋大家族的房子里，程季淑在他们房子外种很多花木，海棠、丁香、芍药、玉簪，到了春天，他们的屋子也变得花香四溢，生意盎然。

为了让梁实秋安心工作、翻译，程季淑一人担起了家事。梁实秋在书房翻译，每到午后四时，程季淑便给梁实秋送一盏茶。梁实秋有时停下笔来拉她小坐，她总是把梁实秋推开，说："别闹，别闹，喝完茶赶快继续工作。"然后她就抽身跑了。梁实秋便隔着窗子看着程季淑渐渐远去的背影。

1937年，卢沟桥事变爆发，北平陷落。作为关心国事的学者，梁实秋上了日军的"黑名单"。

梁实秋只能先只身逃离北平，还写下了遗嘱。烽火连天，梁实秋不得不割离父母妻子南下逃亡，前途渺渺，后顾茫茫。

“与子之别，思心徘徊！”这一别，竟是六年！

在这六年之中，梁实秋颠沛流离贫病交加，而程季淑在家侍奉公婆老母，养育孩子，主持家事。在那个兵荒马乱、食不果腹的年代，程季淑累垮了身体，甚至患上了抑郁症，但写给梁实秋的书信里，她只字未提，他们只是互报平安，让彼此都安心。

战争快结束的时候，程季淑带着孩子拿着行李，踏上了漫漫寻夫路。这一路上道路不畅、炮火不断，夜晚只能露宿，有时连食物都无法寻觅。但程季淑带着孩子们都挺了过来，终于，他们在四川重聚了！

他们在四川又艰难苦度了两年，终于盼到了抗战的胜利，八年流亡之苦终于结束了，梁实秋和程季淑回到了北平。家园已经破碎，艰苦的生活还在继续。那时候通货膨胀严重，梁实秋不停地工作兼职也只能勉强维持生活。

而战火又一次在北平燃起，程季淑毅然决然地对梁实秋说：“急速南下，不要管我。”刚久别重逢后不久的他们，又一次面临分别。

而程季淑又一次带着孩子在广州找到了梁实秋，接着又辗转到了台湾，人生过去了大半辈子，他们的生活才从颠沛流离中慢慢稳定下来。

日子一天天过去，梁实秋和程季淑的步履也慢慢不健，但他们常常一起兴致勃勃地去远足，八卦山、观音山、金瓜石、狮头山等都留下了他们的游踪。但岁月还是印在了他们的身体里，梁实秋发现自己患有糖尿病，而程季淑也患上了风湿性关节炎。

有一天梁实秋和程季淑饭后闲步，巷口邻家的一个小女孩立在门口，用她的小指头指着程季淑说：“你老啦，你的头发都白啦。”童言无忌，他们相视一笑。回家之后季淑对梁实秋说：“我想去染头发。”

梁实秋说：“千万不要。我爱你的本色。头白不白，没有关系，不过我们是已经到了偕老的阶段。”

从那天起，梁实秋开始考虑退休的问题，他想要更多的时间享受和程季淑在一起的家庭生活，也需要更多的时间译完《莎士比亚全集》。退休后，梁实秋伏在案头翻译莎士比亚的作品，常常专注得废寝忘食。程季淑怕梁实秋太劳累，便不时地喊梁实秋："起来！起来！陪我到院里走走。"于是他们便相偕出门赏玩她手栽的一草一木。梁实秋翻译《莎士比亚全集》，没有什么报酬可言，穷年累月，兀兀不休，其间也很少得到鼓励，漫漫长途中陪伴他体贴他的只有程季淑一人。

1967年，梁实秋终于把三十七本莎士比亚戏剧翻译完，并得以出版。这一年也是他与程季淑结婚四十周年，出版社和各种文艺写作协会为梁实秋举行庆祝会，梁实秋对程季淑说："好像我们又在结婚似的。"

这时候他们的儿女大多已经在美国定居，儿女们偶尔带着孙子回国看望梁实秋和程季淑。但孩子一走，两个老人在家又觉得惘然。

于是梁实秋向季淑提议到美国去游历一番，看望儿女，顺便补偿他们当初结婚后没有能享受的蜜月旅行。程季淑起初不肯，梁实秋就说："什么，一个新娘子拒绝和她的丈夫做蜜月旅行！"程季淑这才答应了。蜜月旅行迟到了四十三年，而梁实秋和程季淑

梁实秋与妻子程季淑

却依旧像新婚那样甜蜜。

岁月不饶人，他们已经是两个迟暮的老人，体力大不如前，程季淑又患上了高血压。儿女们不放心，都劝他们到美国去居住，于是他们终于下定决心，卖掉房子迁移到美国去。

他们在小女儿文蔷所在的西雅图定居下来，但梁实秋还是感慨："美国不是一个适于老年人居住的地方，一棵大树，从土里挖出来，移植到另外一个地方去，都不容易活，何况人？""人在本乡本土的文化里根深蒂固，一挖起来总要伤根，到了异乡异地水土不服自是意料中事。季淑肯到美国来，还不是为了我？"

事实上程季淑从来没对任何人有任何怨诉，只是有的时候对梁实秋掩不住她的一缕乡愁。在百无聊赖的时候，程季淑就织毛线。梁实秋怕她太劳累，宁愿继续穿那一件程季淑四十年前织的毛衣。如今这红毛衣已经磨得光平，没有一点毛。程季淑还是默默地买了毛线回来，天蓝色的，没有用多少工夫就织成了。梁实秋穿上身，觉得好看又服帖。程季淑说："我给你织这一件，要你再穿四十年。"

他们不讳言死，相反地，还会常谈论到这件事。程季淑说："我们已经偕老，没有遗憾，但愿有一天我们能够口里喊着'一、二、三'，然后同时死去。"这是太大的奢望，恐怕总要有一个先后。先死者幸福，后死者苦痛。

两人都说希望自己先死。可是梁实秋略加思索，就改变主张，他对程季淑说："那后死者的苦痛还是让我来承当吧！"程季淑谆谆地叮嘱梁实秋说，万一她先他而化，他需要怎样地照顾自己，诸如工作的时间不要太长，补充的药物不要间断，散步必须持之以恒，甜食不可贪恋——没有一项琐节她不曾想到。

他们约定一起手牵手回中国看看，他们还约定，再过两年多，便是他们结婚五十周年，在可能范围内要庆祝一番，他们私下里

梁实秋重庆旧居

梁实秋和逃难的学生在船上留影

不知商量出多少个计划。

然而，一场意外到来，落空了所有的计划。

命运突然攫去了程季淑的生命！

一天上午，梁实秋和程季淑手拉着手到附近市场去买一些午餐的食物，市场门前一个梯子忽然倒下，正好击中了程季淑，她被送去医院急救。

在进入手术室之前的最后一刻，程季淑重复地对梁实秋说："华，你不要着急！华，你不要着急！"这是程季淑最后对梁实秋说的一句话，她直到最后还是不放心梁实秋，却没有顾虑到她自己的安危。

到了手术室门口，医师要梁实秋告诉程季淑，请她不要紧张，最好是笑一下，医师也就可以轻松地为她做手术。程季淑真的笑了。

晚年梁实秋与程季淑

程季淑进入手术室后，就再也没有醒过来。

而那个笑容也成为梁实秋在她生时最后看到的她的笑容。这一生，程季淑跟着梁实秋，经历过颠沛流离，经历了岁月蹉跎，一直相濡以沫，就算在极其痛苦的情况下，她也不愿让梁实秋难过。

程季淑去世后，梁实秋把她葬在了美国西雅图市的一块墓地——槐园里，那里芳草如茵，林木蓊郁。那一段时间，槐园里常常会有梁实秋步履蹒跚的身影，他走到程季淑的墓前，把鲜花插在墓前的金属瓶里，然后灌满清水，低声地呼唤程季淑的名字，喃喃地把一两个星期以来所发生的比较重大的事情报告给她。五十年最亲近的爱人，突然间阴阳两隔，让梁实秋年迈的身体一天天变得消瘦。

梁实秋把自己埋在写作的世界里，他用笔墨把与程季淑的爱情往事一点一滴地记录下来，著成一部《槐园梦忆》。书稿被台湾远东出版社接到后，立刻准备出版，出版社也邀请梁实秋到台湾小住。

而这次台湾之行，竟让古稀之年的梁实秋遇到了一场忘年之恋。当时的梁实秋应远东出版社的邀请，主编一套《远东英汉大辞典》。那一天，梁实秋应好友谢仁钊的邀请喝咖啡，一起的有美国的教授大卫，还有谢仁钊的义女韩菁清。

韩菁清曾经是红极一时的演员和歌星，后来因为皮肤对化妆品过敏不得不退出影坛。那时的她已经40岁了，但个人的婚恋却屡屡失败：先是与相恋八年的泰国银行总裁分手，紧接着又与一位菲籍华裔男士终结恋情。

那一天喝咖啡，谢仁钊与大卫聊得火热，把梁实秋冷在一边。梁实秋只好和韩菁清聊了起来，两个人从名字聊到古文、诗词，越谈越熟，越谈话越多。吃完饭已近七点，才道别离去。

初见之后，梁实秋便常常与韩菁清相约见面，或者谈文学艺术，或者道国事家常，或者一起吃饭、散步……梁实秋被韩菁清美丽气质下的文学内涵和通晓事理所吸引，韩菁清也被梁实秋的渊博豁达所打动，感情的潮水在两人心中一寸寸涨起。

之前的梁实秋一直因为程季淑的突然离世郁郁寡欢，而韩菁清的出现让他的生命之火又一次点燃了，他毫不犹豫地向韩菁清表白心意。这个如花般的男人，曾经凋零了情感，埋葬了憔悴的身体，而阳光雨露要来临，他终究要破土绽放。

收到梁实秋的表白，韩菁清内心既激动又纷乱。她已经过了满脑子幻想的年纪，也经历过爱情的伤痕和风雨，平心而论，她承认梁实秋确实很有魅力，是可托付终身之人。然而，梁实秋已71岁了，他已到了古稀之年，需要戴着助听器才能听到声音，又患了严重的糖尿病……

而那一头的梁实秋，早已爱得夜不能寐，曾经枯槁的心终于等到了甘霖，他仿佛得到了重生。自相识的第六天开始，梁实秋便开始每天一信，当面递到她手上。面对她的犹豫，他写道："不要说悬崖，就是火山口，我们也只好拥抱着跳下去。"短短两个月，梁实秋竟写了二十多万字的书信！

面对梁实秋炽热的爱情和排山倒海般动情的书信，韩菁清终于冲破了顾虑，她已经早过了冲动的年纪，但是爱情来了，再多

梁实秋与韩菁清的忘年恋

的束缚和顾虑都可以被冲散。其实谁能笃定一个人就真的可以陪你到老，韩菁清回答梁实秋说：“我愿爱你，像你爱我，她真，她诚，好纯，好不平凡！爱：我被你权威屈服了，统一了，我会永远效忠于你，心不二志。”

然而，他们的爱情被媒体知道后，突然成为台湾岛的“新闻风暴”。“教授与影星黄昏之恋”，类似的新闻标题在大小报纸上频频出现。

舆论的矛头首先指向韩菁清。韩小姐年轻美丽，为何允嫁七十多岁老翁？图名还是图财？多数文章都认为让韩菁清这样一个演艺圈中的人嫁给一个“国宝级”大师，是对梁实秋的亵渎。最让韩菁清痛苦的是，有人认为她和那些专门嫁一个行将就木的人并等不长时间就可以名正言顺地继承遗产的人是一样的。这种污辱几乎让她崩溃。

面对这样的舆论，梁实秋并没有退缩，他写信给韩菁清："大主意当然是我自己拿，我早已拿定，谁也不能影响我。"韩菁清也被梁实秋的坚定感染，她告诉梁实秋："亲人，我不需要什么，我只要你在我的爱情中愉快而满足地生存许多许多年，我要你亲眼看到我的脸上慢慢地添了一条条的皱纹，我的牙一颗颗地慢慢地在摇，你仍然如初见我时一样用好奇的目光虎视眈眈。那才是爱的真谛，对吗？"

而梁实秋，更是把这段爱情看得比生命更珍贵。他说："我像是一枝奄奄无生气的树干，插在一棵健壮的树身上，顿时生气蓬勃地滋生树叶，说不定还要开花结果。小娃，你给了我新的生命。你知道吗？你知道吗？我过去偏爱的色彩是忧郁的，你为我拨云雾见青天，你使我的眼睛睁开了，看见了人世间的绚烂色彩。"

梁实秋不满足于纸短情长的情书。他拿出一生办报纸副刊的本事，给韩菁清办了一份《清秋副刊》，把每天读报得来的时事趣事，抄写下来专为韩菁清一人阅览消遣。

由于亡妻的诉讼官司，梁实秋不得不去美国处理。梁实秋在美国的这段时间，两人的情感经受了最严峻的考验。分离的几个月，他们日日鸿雁传情，共同穿越了外界给他们的惊涛骇浪，把爱情的船帆驶向了幸福的港湾。

1975 年 3 月 29 日，梁实秋提着一箱书信，飞过太平洋，去台湾迎娶日思夜想的爱人。

婚礼那天，梁实秋精心打扮了一番。他的礼服是韩菁清选的，是一身玫瑰色的西装，配着一条橘黄色的花领带，胸前插着一束康乃馨，手上戴着韩菁清送他的戒指。比起当年那个穿着叠裆裤子，裤角上缠着布带子在大学讲台上给学生讲英国文学的梁实秋，谁能不由衷地感叹爱情的威力？

这天晚上，两个人先是大笑大闹，后来却在床上相拥而泣。

婚后，他们生活美满，让那些曾经的流言蜚语也随之渐渐烟消云散。梁实秋又有了创作的动力，多才多艺的韩菁清不仅烧得一手好菜，把家照顾得井井有条，还教会了梁实秋跳舞，月光下，他们常常共舞一曲。而梁实秋欣赏又宠爱着韩菁清，觉得她穿什么衣服都好看，举手投足间都是满满的温情。他们一起走过了恩爱

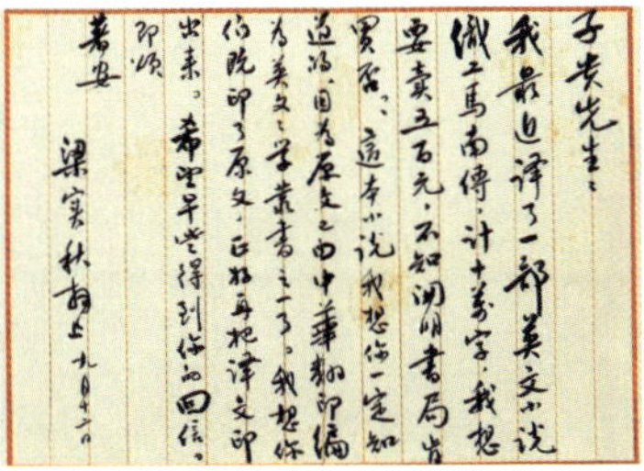
子贵先生：
我最近译了一部英文小说织工马南传，计十万字，我想要卖五百元，不知开明书局肯买否？这本小说我想你一定知道的，因为原文已由中华翻印编为英文学丛书之一了。我想你们既印了原文，正好再把译文印出来。希望早些得到你的回信。
即颂
著安
梁实秋敬上 九月十四

晚年梁实秋

的十二年。

梁实秋一生的爱情是幸福的，有柔情似水的初恋，他们的爱情柔韧舒缓，却细水长流四十七年；还有热情似火的黄昏恋，他们的爱情炙热而浪漫，并携手走到人生的尽头。

很多人不理解，梁实秋为何在妻子去世后仅一年多的时间就可以全身心地投入另一段感情里，并且已到古稀之年还开始一段相差近三十岁的忘年之恋。

梁实秋或许并不专一，但他是专情的。在一起的时候，他的眼里只有对方，即使分离、战乱、岁月流年都能保持那份如初的感情。可是当死亡降临，谁也抵挡不了生死之隔所带来的毁灭性的变化。这个如花般的男人，埋葬了感情，凋零了身躯，但另一场花季来临，他终将破土而出，绽放出芬芳。

Chapter 6

三个女人一台戏

梅兰芳

梅兰芳名澜，又名鹤鸣，艺名兰芳。

北京人，祖籍江苏泰州。中国京剧表演艺术大师。

说到京剧，没有人会不提及梅兰芳。在二十世纪初，戏曲从声音转变成了华丽多彩的舞台艺术，在那个硝烟弥漫的年代，京剧如同中国绵延不断的战争和灾难一样，让世人动容。在近百年以前，京剧所产生的号召力迄今没有哪一种艺术形式能够超越，流传至今成为国粹。

而创造这种神话最功不可没的人，就是梅兰芳。他男扮女装，在二十世纪二三十年代成为京剧四大名旦之首，他把青衣、花旦、刀马旦等各种女性角色融为一体，不断研磨，形成了自己的“梅派”艺术。伴着悠扬的胡声、鼓声，着一身华丽堂皇的戏服，仿佛能想象出当时梅兰芳风华绝代的身影缓缓而来，低头顾盼百媚生，婉转透亮的声音穿过历史的风霜，成为不朽的经典。

梅兰芳是前无古人后无来者的，很多人说，再漂亮的女人站在梅兰芳面前，都不觉得漂亮。而这样一位阴柔绝美的男子，什么样的女子可以与他相配？在陈凯歌导演的电影《梅兰芳》里，虽说不以爱情为主题，但观众都对剧中梅兰芳伶牙俐齿的原配福芝芳印象深刻，也惋惜他与孟小冬心有灵犀却没有结局的爱情。然而现实总是没有电影中那样浪漫，福芝芳既不是梅兰芳的原配，孟小冬也并非带着美好的身影留在梅兰芳的记忆里。

梅兰芳唱了一辈子的戏，戏台上，他是无人能及的主角，然而在爱情这场戏里面，他却是被动的。都说三个女人一台戏，因为爱情，或许只是梅兰芳生命的一部分，却成了女人生命的全部。

梅兰芳的京剧扮相

第一个走进梅兰芳生命里的女子叫王明华，她出生于一个京剧家庭，父亲王顺福工花旦，胞兄王毓楼是著名的武生。他们结婚的那一年，梅兰芳才十七岁，那时正值梅兰芳的母亲过世，又偏偏赶上"倒仓"期（青春期变声）。谁都知道，变声变得好前途坦荡，变得不好，或许就成了京剧舞台的终结。

前途未卜的梅兰芳变得郁郁寡欢，

他在院里养了一群鸽子，常常一个人站在高处看着鸽群发呆，看着鸽子飞向寥廓的天空，却又没有能力飞得更高更远，梅兰芳觉得感伤又无助。

梅兰芳的大伯梅雨田心疼他，便张罗着为梅兰芳娶妻。梅兰芳没有异议。没有浪漫的相遇，也没有炙热的爱恋，梅兰芳就这样顺从长辈的意愿在孝满一百天之后，娶了比自己大两岁的王明华。

然而这样仓促的媒妁之言，却给梅兰芳带来了一段幸福的婚姻。王明华是一个贤淑能干的女子，她嫁给梅兰芳的时候，梅家的家境并不富裕，梅兰芳也正值人生的低谷期，而王明华毫不嫌贫爱富，她用自己的体贴周到和通情达理，把梅兰芳的生活安排得井井有条。

梅兰芳有件过冬的羊皮袍，因为穿的时间太久了，皮板子都已经很破了，但经过王明华的巧手缝缀，就又可以让梅兰芳多穿一个冬天。梅兰芳看着王明华在天寒地冻的雪夜坐在被窝里就着昏暗的光线一针一线地为自己缝补衣裳，天气再冷，心都温暖得要融化了。梅兰芳动情地握住王明华的手，告诉她，未来一定要给她更好的生活。

梅兰芳与王明华

梅兰芳没有食言，他的京剧事业蒸蒸日上，他对王明华也更加恩爱与信任，放心地将家里的银钱往来、日常用度的账目交由王明华来掌管。在王明华的细心照料下，他们虽未大富大贵，但也越来越安逸。

婚后，梅兰芳与王明华相继有了儿子大永和女儿五十，儿子、女儿都很乖巧。

而王明华不仅仅在生活上妥帖照料着梅兰芳，在梅兰芳的戏曲事业上也给了他很大的帮助。王明华本也出生于戏曲世家，结婚后便告别了自己的戏剧舞台，全心全意地支持梅兰芳，她还学会了化妆和梳头。梅兰芳初期演古装戏时，出门往戏馆去，随身总是带着一个木盒子，那里面装的是王明华在家为他梳好的假头发，这种梳法连专门梳头的师傅都梳不来。梅兰芳上台前只需把假头发往自己头上一套，一个精美的古代美人的形象便立刻出现了。后来，王明华甚至亲自去后台这个本不容女人涉足的地方为梅兰芳梳头化妆。

对梅兰芳的戏服，王明华也要求尽善尽美，“梅派”集“花旦”与“青衣”于一体，既雍容华贵又典雅端庄，那些华丽的戏服、头饰和化妆很多都是出自王明华之手。

那时的王明华几乎与梅兰芳形影不离，梅兰芳撩开戏帘登台，王明华便在后台沏上润喉的茶水等他。台前的梅兰芳收获了阵阵高涨的掌声，王明华在幕后也收获了赞誉和越来越富裕的生活。甚至连梅兰芳第一次到日本访问演出，王明华也是跟着去的。梅兰芳的每一次成功，她都功不可没。

每当梅兰芳散戏回家，总是一边与王明华说起演出的情况，一边与儿女嬉戏，沉醉在天伦之乐中。

谁料到，一场荨麻疹无情地夺去了一双儿女的生命。王明华曾经为了常伴梅兰芳身边，怕生育拖累了梅兰芳的事业，做了绝育手术。人生就这样急转而下，王明华一下从万事顺意的少奶奶变为“不孝有三，无后为大”的罪人。梅兰芳疼惜王明华，并无意责怪。然而，梅兰芳本就是梅家两房唯一的男孩，长辈们不会允许梅家绝后的事情发生。

迫于家里的压力，梅兰芳不得不再娶，他后来就娶了福芝芳。福芝芳也是当时小有名气的京剧演员，还是梅兰芳的恩师吴菱仙的女弟子。福芝芳比梅兰芳小十一岁，曾经和梅兰芳在同一个舞台上先后演出过。梅兰芳第一次见到十五岁的福芝芳就对这个漂亮、大气、直爽、兢兢业业的女孩颇有好感。而吴菱仙很有意撮合自己的两个爱徒结成连理。

新婚之夜，梅兰芳先去王明华的房里陪着说了些话，而后说：

“你歇着，我过去了。”王明华通情达理地说：“你快去吧，别让人等着。”然而，看着自己心爱的丈夫就这样走进别的女人的房间，不知王明华当时又有多少的辛酸苦楚。

梅兰芳是幸运的，又一个贤淑能干的女子走进了他的生命里。福芝芳也是个非常识大体的女子，她不仅努力提高自己的艺术品位和文化水平，还学习王明华帮助梅兰芳的事业，甚至学会了与王明华和平相处。

福芝芳自知自己自幼学戏，没什么文化，便请求梅兰芳给自己请了家庭教师，每天坚持识字、学书法，从一开始的不识几个字，到后来可以背诵诗词古文，最后甚至可以陪梅兰芳编排新戏、鉴赏绘画。

她也学习王明华去后台帮助梅兰芳梳头化妆，虽然没有王明华那样的艺术灵感，但她用自己的细致和周到帮助梅兰芳处理好各种人情交往，化解梅帮里演员之间的矛盾。梅兰芳当时被戏曲界尊称为“伶界大王”，体恤照顾着在那个风雨飘摇的时代遭遇不幸的同行们，而这些很多都是福芝芳的功劳。

而对待王明华，福芝芳一直尊敬有礼，她和梅兰芳有了第一个孩子之后，便把孩子抱到王明华的屋子里，算是给王明华做儿子。

这样内秀、贤惠、识大体的女子，梅兰芳怎会不爱？

而王明华更加是个通情达理的女子，她在福芝芳的儿子满月之后又将孩子归还给福芝芳，甚至亲手做了帽子给孩子，向福芝芳道谢："姐姐身体不好，家中杂事还需妹妹照理，妹妹年轻健康，还请妹妹多费心，照顾好梅家后代。"

王明华看着梅兰芳和福芝芳的生活像自己从前一样美满，只觉得自己是个多余之人，所有人都被她的识大体所感动，然而辛酸苦楚只有自己去承受。不久王明华便病倒了，起初只是胃痛，后来又染上了肺结核，久治不愈，她怕自己的病会感染给梅家老小，

梅兰芳与福芝芳

便执意自己去天津养病，而这一去，就再也没有回来。三十七岁的王明华最后在天津去世，离开的时候，身边竟无人陪伴。

梅兰芳本还愁心按规矩需要王明华的子嗣去接灵柩，但王明华膝下已经没有儿女，通情达理的福芝芳立刻安排自己三岁的儿子作为孝子去天津接王明华的灵柩回北京，并带着儿女一起戴孝给王明华送葬。

在这两段婚姻里，梅兰芳是幸运的，王明华深明大义，福芝芳通情达理，他平静地安稳地享受着她们对自己的爱。然而并非所有的女子都这样柔情体贴，也并非一个女子所有的时候都可以隐忍周全。

他也许本可以安稳从容地与福芝芳共度一生，然而，另一个女人闯进了他们的世界里。这个人，便是当时被称为梨园“冬皇”的孟小冬。

孟小冬也出生在京剧世家，从小便表现出戏曲天分。她聪慧好学，进步很快，六岁时的孟小冬便开始搭班演出，到了十八岁已经在京城声名鹊起，营业戏卖座几乎与梅兰芳、杨小楼相持平。

一个是旦角之王，一个是须生之皇，他们在北京一次舞台义演中相遇了。梅兰芳第一次听见孟小冬的唱腔时赞叹不已，而孟小冬也早已对梅兰芳仰慕已久。第一次相见交谈并不多，却在彼此的眼中看到了赞许和倾慕。

很快，他们便迎来了同台演出的机会。一曲《游龙戏凤》，孟小冬饰演微服私访的正德皇帝，长眉入鬓，英气逼人；梅兰芳饰演娇憨俏媚的李凤姐，两人在台上眉目传情，四目相对，芳心暗许。

一曲结束，连戏迷们都看出了他们的情投意合，甚至有心撮合。正值青春年华的孟小冬怎会不心动？但她又是纠结的，她才十八岁，而梅兰芳已经是而立之年并有两房妻室的人。

孟小冬、梅兰芳同台
演出《游龙戏凤》

而梅兰芳面对年轻美丽的孟小冬，仿佛可以在她身上看到自己的影子，一样的年少成名，一样对京剧有着自己的领悟和执着，他突然想做一个可以护她周全的港湾。

孟小冬最终还是决定嫁给梅兰芳，1926年8月，《北洋画报》刊登了一篇文章：“小冬听从记者的意见，决定嫁，新郎不是阔佬，也不是督军省长之类，而是梅兰芳。”

孟小冬的出现，让之前通情达理的福芝芳变得愤恨、嫉妒、决绝。福芝芳终究是个寻常女子，曾经是她走进了梅兰芳和王明华的世界，她小心周到。但现在，是另一个女子要抢走原本属于她的幸福，让她如何从容体谅？

在梅兰芳要娶孟小冬之前，福芝芳就不愿意见她，坚决不同意孟小冬嫁入家门，然而，这一切又岂是她能阻挡？1927年，梅兰芳与孟小冬在东城区的冯公馆缀玉轩举行了婚礼，并在那里开始了他们的新婚生活。

缀玉轩成了梅兰芳常去的地方，两人良辰美景，时而聊聊戏，时而唱上一曲。而住在梅府的福芝芳忍受着相思苦楚，她自知没有孟小冬的年轻美貌，也不及她的戏曲才华，女人遭遇第三者的愤恨和悲痛让她与孟小冬水火不容，她知道自己的筹码是孩子。梅兰芳要去美国演出，福芝芳和孟小冬都想在全世界面前以“梅夫人”的身份亮相，福芝芳当时正怀着孩子，便以堕胎来威胁，无奈的梅兰芳只好谁也没带，独自去了美国。

梅派的戏迷们甚至分成了两派：“捧

孟小冬

北平宛平（今北京）人，梨园世家出身，是早年京剧优秀的女老生，人称“冬皇”。

福派”和“捧孟派”。孟小冬并不像王明华和福芝芳那样，甘心做一个辅佐丈夫勤俭持家的贤妻良母，她有自己的青春美貌，也有着和梅兰芳一样风生水起的京剧事业，孟小冬是自信的，她要的是与梅兰芳心有灵犀的戏曲境界和不言而喻的默契。

然而，一起命案的发生给梅兰芳和孟小冬的感情埋下了阴影。一个叫王唯琛的纨绔子弟暗恋孟小冬，得知梅兰芳与孟小冬结婚之后失去理智，带着枪冲进了缀玉轩，慌忙的调解中，错手把正在缀玉轩做客的《大陆晚报》的经理张汉举给打死了，自己也被前来的军警给击毙了。

两位名伶，本来就是舆论炒作的热点，加上一桩命案，一时间，梅孟之恋更被闹得沸沸扬扬。梅兰芳对张汉举的死感到深深的内疚，舆论又让他感到巨大的压力，对孟小冬的爱情也黯淡下来。

孟小冬生活照

不久后，梅兰芳的祖母去世，孟小冬按照礼节削发戴白花去梅府守孝。而福芝芳安排人在门外叫她“孟小姐”，不承认她是梅家的人，孟小冬被拦在门外。而梅兰芳当时心烦意乱，只想多一事不如少一事，便对孟小冬说：“你回去吧。”孟小冬愣住了，她含着泪水看着眼前曾经答应要许她一生幸福的男人，转身离开了。

回到家里，孟小冬心灰意冷，去意已决。

那天晚上下了大雨，梅兰芳去找孟小冬，但孟小冬却不肯开门。自从嫁给梅兰芳，孟小冬受了太多太多的委屈和痛苦，她本就带着铮铮铁骨，有自己的

孟小冬的男装照

傲气和灵性，她勇敢地去追求自己的爱情，却换来排挤和不理解。就是这样的孟小冬，爱的时候可以不顾一切，既然决定放手，便再也不回头。

孟小冬甚至登报声明与梅兰芳分手。分手后的孟小冬变得郁郁寡欢，甚至想要皈依佛门，但戏曲最终救了她。她重新研习戏曲，拜当时的京剧大师余叔岩为师，并成为他的关门弟子，也是唯一的女弟子。孟小冬把所有的心思都投注于戏曲上，终于夙愿得偿，她复出后的唱腔更加炉火纯青，一票难求。

1947年9月，杜月笙六十大寿，以赈灾的名义邀请各位名角在上海义演，梅兰芳和孟小冬都被邀请去。一时间，上海滩万人空巷，很多戏迷都期待梅兰芳能与孟小冬再次同台演出，然而让戏迷们失望的是剧组为了避免梅孟的尴尬，特意在十天的义演里面错开了两人的曲目。但据梅兰芳的管家说，孟小冬演了两场《搜孤救孤》，梅兰芳在家听了两次电台转播。

而孟小冬，一直把梅兰芳的照片摆在自己住所的公寓里。

也许有一些人，一开始就注定要各安天涯，当风花雪月飘散而过，那个真正能与你执手终老的人才是真正难能可贵的。

比如福芝芳。

福芝芳为梅兰芳生了九个孩子，在梅兰芳的生命里，她曾经作为第三者小心周全地融入，又因为孟小冬的出现开始决绝地反抗，而自始至终，她都用自己的牺牲和努力做着梅兰芳不可替代的“贤内助”，支持事业、体恤同行、生

梅兰芳与福芝芳及子女于40年代初合影

晚年梅兰芳与福芝芳

活持家、传宗接代，福芝芳都面面俱到。梅兰芳晚年发福，福芝芳怕买的衣服梅兰芳穿着不舒服，便亲手为梅兰芳缝制各式各样的衣裤。这样一个女子，梅兰芳又怎会不珍惜？

梅兰芳在万华山的山脚下买了一块地，在那里盖了一栋别墅，取名“雨香馆别墅”。早年，这里是他躲避世俗纷扰修身养性之地，王明华去世后，梅兰芳把她安葬于此。五十年代末的一天，梅兰芳与福芝芳又一次游于此地，他突然说：“我想我死后最好就下葬在这里吧。”福芝芳以为梅兰芳随便一说，便接口道：“您老百年后还不是被请进八宝山革命公墓。”梅兰芳不无担忧地说：“我若进了八宝山，你怎么办呢？”一听此言，福芝芳热泪盈眶，她知道梅兰芳是为了能和她永远在一起，才有如此想法的。

后来，梅兰芳的墓地就在此处，他的两边是王明华与福芝芳。而孟小冬在香港独居了十六年，最后病逝于香港。

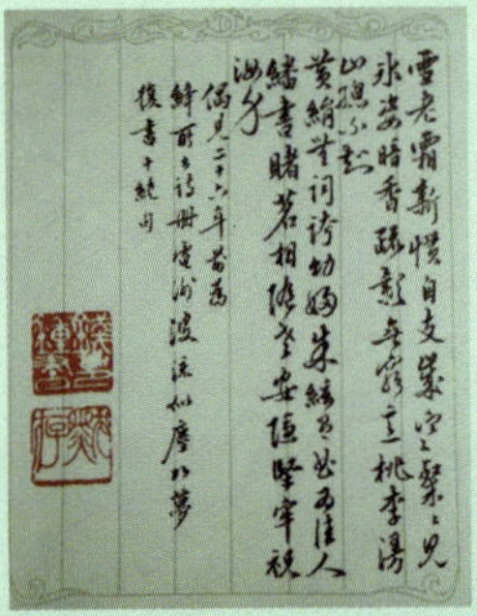

Chapter 7

她是我的妻子、情人、朋友

钱钟书

民国年代，发生过很多广为流传的爱情故事，有的爱情曾经山盟海誓最后繁华落尽一场空；有的爱情蹉跎了岁月却没有结局；有的爱情因为爱人太多变成了纷争和伤痕。然而有一对恋人的爱情，却是执手从芳华到华发，享受盛誉后仍能波澜不惊，历经沧桑后更加珍爱彼此。

钱钟书

1910 年 11 月 21 日出生于江苏无锡，原名仰先，字哲良，后改名钟书，字默存，号槐聚，曾用笔名中书君，中国现代作家、文学研究家。

他们就是钱钟书与杨绛。

钱钟书曾经这样说起杨绛——在遇到她以前，我从未想过结婚的事，和她在一起这么多年，从未后悔过娶她做妻子，也从未想过娶别的女人。

就是这样一句朴实的话，早已胜过千万句的柔言蜜语。有时候，爱情不需要轰轰烈烈、山盟海誓，却能用细水长流、柴米油盐的平凡生活来见证对彼此的珍爱。

人生的刺，就在这里，留恋着不肯快走的，

偏是你所不留恋的东西。

在遇见杨绛之前，钱钟书就已经是清华大学小有名气的人物。这位江南水乡生长的少年，从小就表现出惊人的文学和语言天赋，而考入清华大学外文系之后，他的才华更加锋芒毕露。钱钟书精通英语、德语、意大利语、法语甚至拉丁语等各种语言，他过目不忘，上课似乎并不认真听讲，却总能考第一。他创办了《清华周刊》，成为期刊的主编和主力，发表了各种政治观点和文学作品。

早在钱钟书刚考入清华大学的时候，就因为他以数学只考了十五分，被清华大学校长罗家伦破格录取而遐迩闻名，至今仍然是文学史上让人津津乐道的传奇。

虽然钱钟书才华出众，却是个性格内向的人，他不善言谈，朋友不多也很少出门，甚至在认识杨绛之前连北京都没有玩过。钱钟书只喜欢一个人静静地坐在图书馆里，把自己沉浸在图书和文学的世界里，爱书如痴的他几乎从来没有把视线从书本中抽离出去看看身边的女孩。

然而，有一些相遇，就是命中注定，也许钱钟书就是注定要在清华园里，安静地等待杨绛的出现，等到一个浪漫的时机，与她邂逅。

其实杨绛的家乡离钱钟书家很近，甚至后来杨绛和钱钟书回忆起来，似乎彼此还可能曾经在幼年的时候相遇过，也许这是邂逅之前的铺垫，也许是缘分使然，而上天给他们的是最好的安排——在最美的年华遇见彼此。

杨绛

1911年7月17日生于北京，本名杨季康，江苏无锡人，中国著名的作家、戏剧家、翻译家。

出身书香门第的杨绛一直对清华大学非常向往，然而，杨绛考大学那一年，清华大学虽然已经开始接收女学生，却尚未对南方的女子开放，杨绛只能选择了东吴大学，但她依然对清华大学念念不忘。杨绛大四那一年，东吴大学因学潮而停课，当杨绛有机会出国或去外校深造的时候，她拒绝了美国威尔斯利大学的奖学金，终于奔赴了那个她一直魂牵梦萦的清华园。

初入清华大学的杨绛虽然打扮朴

素，但因为她天生丽质，性格温婉，身边有很多追求者，却没有一个可以打动杨绛的心扉，也许彼此的安静都是为了等待那一刻电光石火的相遇。

杨绛与钱钟书

春日的清华园四处洋溢着芬芳，明媚的阳光散落在繁花绽放的清华园里，温暖却不耀眼，芬芳却不妖艳。那一天，和杨绛一起从东吴大学转校来的同乡好友来女生宿舍找杨绛。清华大学校规中明确规定男生是不允许进入女生宿舍的，所以杨绛的这位同学每次都在宿舍门口等她出来。往日里，他都是一个人来找杨绛，然而这一天，他却邀了钱钟书一起，而这一无心之举，竟促成一段执手到老的旷世情缘。

那一天，杨绛带着一如往日的心情走出宿舍门，然而当她见到这位老朋友时，却被他身旁的男子深深吸引。那时的钱钟书穿着青布大褂，脚踏毛底皮鞋，还戴着一副老式的眼镜。这一身在旁人看来有一些老土的装扮，在杨绛看来却透露着儒雅之气，觉得他“蔚然而深秀”。

而钱钟书看着眼前这迈着轻盈的脚步向自己走来的灵秀素净的女子，虽不施粉黛，却清新脱俗，从未被开启的心扉突然和这满园的春色一样，绽放出芬芳。

许多年后，钱钟书回忆起他们初次相遇，写下这样的诗句：

颉眼容光忆见初，蔷薇新瓣浸醍醐。

不知腼洗儿时面，曾取红花和雪无。

文学儒家的一见钟情，就是这样充满着浪漫和诗意，即使是多年后回忆起，依旧那样地令人心醉。纳兰性德词曰：“人生若只如初见，何事秋风悲画扇。等闲变却故人心，却道故人心易变！”从此，“人生若只如初见”成了缅怀流逝消散爱情的一句伤感之词。然而，钱钟书和杨绛却用一生的时间呵护着初遇的美好，这样的相逢，因为有了相守的朝朝暮暮变得更加难能可贵。

爱情就这样走进钱钟书和杨绛的生命里，一见钟情的相遇后，他们很快走在了一起，一切都是这样地顺其自然，仿佛他们是前世约好的情人，这场相遇就是命中注定。钱钟书本就是清华园里出了名的才子，而杨绛的聪慧灵秀也常常惹人注意，这一对才子佳人并肩而行在清华园里，招来了很多人的目光。他们的身影留在了美丽的清华园里，也留在了中国近代文学史中。近百年之后，这一场恋爱仍在文学史上被广为传颂，穿过了历史的风霜，历久弥新，熠熠生辉。

恋爱时期的杨绛与钱钟书

和对的人在一起，会让你遇见更好的自己，钱钟书和杨绛就是如此。他们约会的地点也与众不同，不用昂贵的高级餐厅，无须浪漫的电影和舞厅，他们时常约在工字厅会客室，聊人生聊未来。

钱钟书会把从书中看到的趣事、自己领悟的心得与杨绛分享。其实以前的钱钟书沉默寡言，并非因为他无话可说，而是无人倾听、无人懂得。而杨绛就是钱钟书绝佳的倾听者。钱钟书的博学、风趣深深吸引了杨绛，而杨绛心领神会的聪颖也让钱钟书更加珍惜，同时也点燃了钱钟书的创作热情。

在与杨绛相恋的日子里，钱钟书创作了很多美好的情诗，这是他之前从未展露过的才华，那时候，他的很多情诗都被刊载在各种杂志报纸上。而杨绛一直很喜欢文学，和钱钟书在一起后更加激发了杨绛的写作热情，杨绛的散文作品得到了老师朱自清的赏识，并在《大公报·文艺副刊》等报纸杂志上发表。

钱钟书的才华是耀眼的，而杨绛的清新怡人又另有一番风味，这对才华横溢的人走在一起，珠联璧合仿佛天作之合，迎着清华园的春秋冬夏，迎来了钱钟书的毕业。

钱钟书毕业之后就受聘于光华大学教书，随后离开北京去了上海，而杨绛还在清华园里，要一年后才毕业。那一年，钱钟书和杨绛开始了一段短暂的异地恋，一封封书信带着他们的思念穿过距离，联系着彼此的心，有时是浪漫的情诗，有时是聊人生聊理想。钱钟书写信写得很频繁，杨绛却不爱回信，惜墨如金。多年之后钱钟书还念念不忘这段往事，写《围城》的时候，钱钟书刻画了一个讨人喜爱的角色唐晓芙，也不爱写信。

也许是钱钟书写信写得太勤，连他的父亲都看出了端倪。有一天，钱钟书的父亲擅自拆了一封杨绛写来的信。也许是上天都在帮助这对才子佳人，落入钱钟书父亲手中的这封信写得非常中肯，杨绛告诉钱钟书，“现在吾两人快乐无用，须两家父亲兄弟皆大欢喜，吾两人之快乐乃彻始终不受障碍”。

杨绛就是这样聪慧达理的女子，她懂得爱情的你侬我侬，也知道需要获得双方家长认可的爱情才能长久。钱钟书的父亲读完这封信对杨绛大为褒奖，还主动给杨绛写信，夸奖她明理懂事，并郑重其事地把儿子“托付”给她。

而杨绛的父亲一直对古诗文很热爱，见了钱钟书之后对其文学造诣十分赞赏，两人甚至一见如故，杨父对钱钟书十分满意。

两人的恋情如此顺利地得到双方家长的认可，连钱钟书和杨绛两人都没有想到，很快，他们就订婚了。

订婚后，钱钟书继续留在上海教书，而杨绛则回清华园完成她的学业。在分别的日子里，他们并没有太多的苦楚，因为他们知道，重逢的日子终会到来，而他们要的，是一生的相伴。

一年的时光带着想念和期望匆匆走过，1935年的春天，钱钟书得到了一次教育部公费留学资格考试机会。但这种公开招考的录取名额极为有限，英国文学就只有一个名额，才华横溢的钱钟书以绝对优势名列榜首，顺利地拿到了这个名额。

听到钱钟书被录取的消息，杨绛高兴极了，英国一直是钱钟书和杨绛都向往的地方。莎翁、狄更斯、曼殊菲尔……那些英国作家的名字在课本里如雷贯耳，而他们描写的那个国度，那多雾的伦敦，那泰晤士河上迷蒙的晓雾，那些优雅的英国绅士和穿苏格兰格子裙、有着亚麻色头发的少女，如梦境般在杨绛的世界里夜夜上演。三年前，杨绛拒绝了威尔斯利女子学院，这一次，她连毕业都等不及了，迫不及待地想和钱钟书一起去英国，去看看她梦想的殿堂。

杨绛同导师商量，用论文形式代替考试，提前一个月毕业了。

7月，在江南火热的夏日里，钱钟书和杨绛正式举行了婚礼。一个月后这对新人一起乘船去了遥远的英国，蜜月旅行成了数十日的海上漂游，而终点是他们将要开始新生活的伦敦牛津大学。

陌生的国度，新婚的夫妻，需要他们适应和磨合的地方很多很多，杨绛之前就听钱钟书说自己“拙手笨脚”，生活在一起之后才真正体会到。这位清华园风度翩翩的才子，在生活上简直是一团糟，甚至左右不分，系鞋带也不会，走路冒冒失失还经常摔跟头，刚到伦敦不久，钱钟书就在坐公共汽车下车时不小心磕掉了大半个门牙。

钱钟书像一个什么都不懂的孩子，处处依赖着杨绛。起初的生活难免磕磕碰碰，但杨绛用自己的耐心和温柔包容照顾着钱钟书，找房子、做饭、打扫，这些杨绛之前自己也很少做的事情她都一点一滴地打理好。

而钱钟书和杨绛最喜欢的还是图书馆，牛津大学图书馆古老而恢宏，里面的藏书汗牛充栋。钱钟书和杨绛常常一整天都泡在图书馆里，尽情地翻阅图书，享受这知识的饕餮盛宴。

除了读书，他们每天都会出去走走，钱钟书和杨绛把这样的散步叫作“探险”，常常挑不认识的地方走，去发现伦敦大街小巷、公园、教堂、郊区等各种新鲜有趣的地方。钱钟书原本是不爱出门的人，而跟杨绛在一起，他在书本的世界之外又有了新的期许和喜爱，他开始懂得生活，懂得付出。

后来钱钟书和杨绛换了一次房子，入住新居的第一个早晨，“拙手笨脚”的钱钟书早早起床煮了鸡蛋、烤了面包、热了牛奶和红茶，做好早饭后还用一个床上用餐的小桌，把早餐端到了杨绛的床前。杨绛觉着从未吃过这么美味的早餐。

这样的早餐，有一种味道，叫作幸福。

可爱的女儿的诞生又给钱钟书和杨绛的生活带来温暖和乐趣，他们给女儿取名叫“阿圆”。杨绛生阿圆的时候，钱钟书天天守在她床前，杨绛住医院，钱钟书就家和医院两头跑，他老闯祸，苦着脸对杨绛说：“我做坏事了。”

钱钟书陆续打翻了墨水瓶，弄脏了房东家的桌布，弄坏了门轴，

新婚的钱钟书和杨绛
搭乘邮轮赴英留学

砸碎了台灯，杨绛每次都笑眯眯地说：“不要紧，我会洗，我会修。”但杨绛出院回家的时候，钱钟书却为她炖了鸡汤，剥了嫩蚕豆搁在汤里，味道还很不错。而杨绛也真的把钱钟书做的“坏事”都修好了。

有了阿圆，钱钟书便不愿让杨绛再生孩子了，他认真地对杨绛说：“假如我们再生一个孩子，说不定比阿圆好，我们就要喜欢那个孩子，那我们怎么对得起阿圆呢。”也许钱钟书骨子里就是个用情专一的人，对孩子也是，对爱人也是。一家三口柴米油盐的日子安稳而有趣，钱钟书在牛津大学的学业也接近尾声，他和杨绛带着对法国文学的热爱，就去巴黎继续深造。

然而到巴黎不久后，钱钟书和杨绛便从报纸上得知了家乡被日本占领的消息，而杨绛的母亲在逃难中去世了。杨绛悲伤恸哭，好在有钱钟书在身旁，做她脆弱时最坚实的支撑。

我们仨

杨绛失去了母亲，而祖国母亲还在水深火热之中，钱钟书和杨绛这对游子，焦急地想回到祖国。他们到处托人，终于买到了回国的船票，回到战乱中的祖国，尽自己的一份力量。

钱钟书回国的消息传来，清华大学便邀请他去西南联大教书，并许诺给他教授的头衔。船到了香港，他便上岸直赴昆明的西南联大，而杨绛带着女儿阿圆回到无锡。此时的中国已经是个满目疮痍的国土，家乡处处是侵略者的轰炸声和飞机的轰鸣声。

杨绛带着女儿，跟着家人东奔西躲，

而钱钟书在西南联大的生活也并不顺利。按常理，留学回来的学子只能被聘为讲师，而钱钟书却直接被聘为教授，本就有很多人对他不满，加上钱钟书的性格里带着文人的桀骜，同事之间的关系相处得很紧张。钱钟书虽然在才华上无人能及，但在人情世故上却往往依赖着杨绛。独自在西南联大的钱钟书，陷入对杨绛和女儿深深的思念之中，这世界有太多的冷漠和淡然，而杨绛给他的永远是包容和爱。

钱钟书在西南联大只教了一年学，1939年的夏日，钱钟书回上海探亲。当他见到久别的妻子和女儿，就再也不愿意回到冷冰冰的昆明，便向校长提出辞职，转去蓝田大学教书，后又辗转去了震旦女子文理学院。在那个战火连绵的时代，想要妻女都在身边也是不易之事，而杨绛一直都支持钱钟书的决定。对杨绛而言，钱钟书就像是手中的风筝，只要呵护好他们的感情线，只要她不松手，那么钱钟书不管飞多远，她都能泰然处之。懂得放手的女人是最智慧的，这也许也是钱钟书和杨绛的感情数十年都不曾磨灭的原因。爱情有时候不一定要浓烈或是怒放，细水长流中的支持和包容，才是爱情最稳稳的幸福。

钱钟书在这段时间创作了他的传世巨作《围城》。其实《围城》的写作，正是因为杨绛在当时创作了很多优秀的剧本，在上海剧团公演后好评如潮，激发了钱钟书的创作热情。一次钱钟书看完杨绛编写的戏剧，回去的路上，他对杨绛说："我想写一篇长篇小说。"杨

童年和少年时期的钱媛

绛马上赞成道："好！好！你赶快写吧。"而杨绛也是钱钟书《围城》的第一个读者，鼓励并给了钱钟书很多创作灵感。在这段中国沦陷最黑暗的日子里，钱钟书和杨绛一起用文学撑起了他们梦想的天空。为了支持钱钟书的创作，节省开支，杨绛不再请女佣，她说："劈柴生火烧饭洗衣我是外行，经常被煤烟染成花脸，或熏得满眼是泪，或给滚油烫出泡来，或切破手指。可是我急切想要看钟书写的《围城》，做灶下婢也心甘情愿。"这就是杨绛对钱钟书的爱情，不求浪漫浮华，但求相濡以沫，举案齐眉。

终于熬过了战乱，抗日战争胜利的消息传来，钱钟书和杨绛也收到清华大学的邀请函，钱钟书被清华大学再次聘为教授。由于清华大学当时规定夫妻不可同时任教，杨绛只做了兼任教授，

她却并不气恼，反而常常自嘲是散工。后来清华大学取消了这样的制度，杨绛却依旧喜欢做自由的“临时工”。清华园是他们相遇相恋的地方，而现在又是在这里，经历了战争风雨的他们终于在清华大学过上了一段安稳的日子，女儿也渐渐长大。

然而，一场突如其来的“文化大革命”再一次侵扰了他们平静的生活。那是一个颠倒黑白、罔顾正义的岁月，几乎所有的知识分子都被一些莫须有的罪名揪出来，钱钟书和杨绛也无法幸免于难，他们被冠上“资产阶级学术权威”和“资产阶级学者”的罪名，学术权威和学者，就因为被冠上资产阶级的名头，就成了批斗的对象。

有一天，钱钟书莫名其妙地被红卫兵剃了个十字头，杨绛见了，立刻将钱钟书的头发都剃光。而她自己不多久后也被剃了个阴阳头，半边头发被全部剃掉，杨绛便做了个假发套戴上，然而总被人看出来，上了街就有人骂她，拽她的头发，最后杨绛只能躲躲藏藏，连上街买菜都不敢了。不久后，钱钟书又因为之前被请去编写《毛泽东语录》，被人横加指责说是对毛主席的著作有轻蔑之意。杨绛挺身而出维护钱钟书，却成为批斗游街的对象，她被敲锣打鼓游街，受尽屈辱。这对于一个女子来说是多么大的伤害。

然而，自始至终，杨绛都坚定地维护着钱钟书。患难见真情。在“文革”的时候，反目成仇的夫妻比比皆是，但钱钟书和杨绛始终坚定地守护在一起，即使被逼迫去扫大街、洗厕所，快花甲的年纪还被迫拆散去下放，他们都一起坚强地扛过去。而杨绛一个女子身上更是爆发出了很多人无法企及的坚韧和乐观，她守护着钱钟书，帮助他化险为夷。

而爱女阿圆的丈夫因为受不了红卫兵批斗的折磨，被迫自杀了。这个天地颠倒的人间炼狱，很多人都身不由己，钱钟书和杨绛甚至没有机会安慰失去丈夫的女儿，他们只能用彼此的爱，让对方、让女儿坚强地活下去，只要活下去，就有希望。

熬过了痛苦不堪的岁月，曙光终于被他们迎来，平反的那一天终于到来，中国也迎来了崭新的时代。钱钟书再一次被重用，虽然那个时候他已经年过七十，但身体依然很硬朗，钱钟书和杨绛虽然曾经被同胞迫害，但他们并没有怨恨，他们的心里一直坚守着对祖国的热爱。

钱钟书作为中国文化交流团的代表，访问了欧洲、美国、日本等国家和地区，他的传世之作《围城》也终于时隔近半个世纪得到出版。《围城》出版后，立刻成了畅销书，一时间洛阳纸贵。《围城》受到很多读者的热捧，被翻译成多国文字，经久不衰，甚至被拍成了电视剧。而钱钟书的毕生心血之作《管锥编》也得到出版，《管锥编》是钱钟书对中国几十本古书的考究和心得，融入他一个文学大儒毕生的智慧和文采，只是这本书用文言文撰写，很多读者阅读起来有一些难度。而钱钟书的每一本著作后面，都离不开杨绛的支持和鼓励。

钱钟书和杨绛就这样相扶相持走过了六十六年的岁月，1998年，钱钟书在八十八岁的时候因病离开了人世。而在钱钟书去世前不久，还不满六十岁的女儿阿圆也因为肺癌去世了。经历了白发人送黑发人，经历了共度一生的人的离开，杨绛依然用自己的乐观与豁达从容地生活着。钱钟书葬礼的时候，杨绛说：“钟书不喜欢人家哭他，所以，我今天没有哭。”钱钟书生前的时候就常常喜欢问杨绛怎么办，而杨绛总能想出办法来解决。也许钱钟书临终前仍想问问尚在人世的杨绛：“我走后你孤身一人，怎么办？”

而杨绛总会告诉他：“没关系，我总有办法。”

在最好的年纪遇见彼此，在柴米油盐的生活中懂得了付出和珍惜，在患难与共的日子里始终守护支撑彼此，这个人懂你，包容你，守护你，支持你。

我们俩老了，我们仨走散了，

我一个人思念我们仨。

钱钟书曾经这样说起他和杨绛的爱情：“绝无仅有地结合了各不相容的三者：妻子、情人、朋友。”这段文坛的旷世情缘，打动人的不是浪漫和激情，而是细水长流的平淡爱情里的点滴真情。

钱钟书和女儿离世后，杨绛带着对他们的思念在九十多岁高龄的时候还出版了怀念他们一家三口的作品《我们仨》，笔调依然清新优雅，冷峻幽默，书写着对钱钟书和女儿的爱和她近百年生命的豁达与智慧。

如今的杨绛已经一百多岁，她和钱钟书的爱情，已经超越了时间、生死，纵然斯人已逝，他们的爱情依然在岁月的轮回中生生不息。

Chapter 8

为了梦中的橄榄树

三毛

不要问我从哪里来

我的故乡在远方

为什么流浪

流浪远方 流浪

为了天空飞翔的小鸟

为了山间轻流的小溪

为了宽阔的草原 流浪远方 流浪

还有还有 为了梦中的橄榄树 橄榄树

不要问我从哪里来 我的故乡在远方

为什么流浪 为什么 流浪远方

为了我梦中的橄榄树

三毛

原名陈懋（mào）平，

中国现代作家

这一曲悠扬动听的《橄榄树》由三毛填词，曾经风靡整个中国甚至东南亚，传唱至今，经久不衰。每当听到这首歌，总能想到三毛流浪的身影，乌黑的头发，高挑清瘦的身影，就这样流浪，流浪远方。从欧洲到美洲，再到遥远的撒哈拉、中南美洲，体验过黄沙漫天的寂寥荒凉，看过辽阔草原的绿茵无边，也曾面朝大海，看春暖花开。

三毛一生被很多男子爱过，也许她并没有那么美丽，但气质非凡。从小饱读诗书，身上所带的书香气和骨子里散发的孤独和叛逆，让三毛在哪里都显得与众不同。而面对爱情的三毛，可以奋不顾身，忘记了身份，忘记了姓名，也可以甘愿破碎，浪迹天涯。

三毛的第一次流浪就是因为初恋的情

伤而远走西班牙。那时上大学的三毛爱上了比自己高一届的戏剧系才子梁光明，她爱他爱得深入骨髓，不顾一切。他们在一起越久，三毛越急促地想和他有一个未来，她想结婚，要厮守终身，甚至死缠烂打。梁光明觉得彼此都还年轻，他不想被承诺和婚姻束缚，三毛便用出国来威胁，最后只能分手。

三毛说：“我没有办法，我被感情逼出国了。”其实逼她的人是自己，可是这就是三毛，爱的时候就爱到极致，爱到没有信仰，爱到远走他乡。

到了西班牙，三毛在马德里大学继续自己的学业。异国他乡，没有亲人，没有朋友，三毛带着破碎的心，熬过了语言不通，熬过了孤独寂寥，熬过了思乡情愁。渐渐地，三毛融进了马德里的热情奔放之中，她开始坐咖啡馆、跳舞、

来生，

棵树，

恒，

欢的姿势。

土里安详，

风里飞扬，

落阴凉，

浴阳光，

默非常骄傲，

靠 从不寻找。

搭便车旅行、听歌剧，还学会了抽烟，爱上了喝酒。骨子里带着热烈和野性的三毛学会了走出封闭的牢笼，她走出了失恋的伤痛，懂得了享受生活。她用东方女性的典雅、尊贵和美丽赢得了很多西班牙男子的爱慕。

那是1966年的平安夜，三毛应邀在一个中国朋友家过圣诞节。按照西班牙的习俗，零点时刻到来时邻居们要相互祝福，三毛冲在众人前拉开房门，刚好有一个人从楼上跑下来，差点与三毛撞了个满怀。

迎面而来的是一个西班牙大男孩，他急忙刹住脚步，一下子

青年时期的三毛

定在三毛面前。三毛在那一霎也看清楚了男孩的容颜，不由得心中一颤。三毛说："我第一次见到他时，触电了一般，心想，世界上怎么会有这么英俊的男孩子？如果有一天可以做他的妻子，在虚荣心，应该也是一种满足了。"

这个男孩叫Jose Maria Quero，三毛后来唤他荷西。这时的荷西还是个高三大男孩，惊叹之后的三毛并没有想过他们之间会真的发生什么。然而对于荷西，三毛那乌黑的长发、乌黑的眼睛所带来的惊艳，从此让他魂牵梦萦，在他的心中永远都不会再退去。

荷西之后便常去三毛的学校找她，这个冲动的少年甚至逃了课去找他心爱的女子。学校的修女总调侃三毛说："你表弟来了，你表弟来了。"此时的三毛也确实把荷西当成弟弟一样，经常和他一起游玩，打棒球，看电影。

直到有一天，荷西慎重地对三毛说：“ Echo（三毛英文名），你等我六年，我有四年大学要念，还有两年兵役要服，六年一过，我要娶你。”看着荷西真诚的双眸，三毛也不由得被感动了。

但是六年啊！谁知道六年会发生什么，更何况荷西还是个只有十八岁的男孩子。三毛选择了拒绝，她决定不再与荷西交往。分手的那天马德里下起了久违的大雪，三毛决绝地说：“从今天起，不要再来找我……因为六年的时间太长了，我不知道我会在哪里，我不会等你六年。你要听我的话，不可以来缠我。”

荷西不知道自己做错了什么，但他还是对三毛说：“好吧，我不会再来缠你，你也不要把我当作一个小孩子，我心里也想过，除非你自己愿意，我永远不会来缠你。”荷西知道，他必须离开，他一面跑还一面对三毛喊：“ Echo，再见，Echo ，再见！”纵使心中很伤痛，还笑着跟三毛扮鬼脸。

“那种景象—在马德里喊着我的名字倒着跑，除了大枯树和平原外，羽毛般的雪花隔着我俩在天空中漫天飞舞。”“他是一个很难得而且对我真诚、真心相爱的人。我几乎忍不住要狂喊他的名字，叫他回来。”这是三毛写下的他们分手时的场景，想来那个时候，三毛的心也如刀割般疼痛不已。

为了断去荷西的念头，三毛又去结识了新的男孩。但是三毛知道，不管他们对她多热心、多浪漫，这些人都只是生命中的过客，甚至不曾扰乱过自己的心波。而荷西，真的没有再来找三毛，他只是偶尔远远地看着三毛和别的男生在一起，再默默地离开。

完成了在马德里的学业，三毛又去了德国和美国学习，在那里也都有护花使者般的人在她的身边。但是面对他们的示爱和求婚，三毛觉得“心为什么好像死掉一样”那么寂静，没有波澜。她决定离开，也许有些人，注定要辜负，注定要各安天涯。

1971 年，三毛回到了中国台湾，开始在母校教学。

一日，三毛在家中闲坐，一位西班牙的朋友到访，带来了一封信，信上写着：“我要告诉你一个秘密。在我十八岁那个下雪的晚上，你告诉我，你不再见我了。你知道那个少年伏枕流了一夜的泪，想要自杀吗？这么多年来，你还记得我吗？我和你的期限是六年。”

落款是那么熟悉的名字——荷西。

三毛没有回信，她对于不确定的爱情不敢涉足太深，如果爱情是一场赌局，何必在自己不知道筹码是什么的时候走下去，却不想自己在不久之后会被感情和命运再一次深深地灼烧。

回台北一年后，三毛和父亲一起认识了一个德国教师。这位德国教师四十五岁，是温文尔雅的谦谦君子，几次见面之后他对三毛渐渐产生了爱慕之情，他用自己的温柔体贴和细致入微温暖了三毛原本寂寥孤独的心。这个经历过感情、世事的男人也让三毛感到了从未有过的踏实和安定，习惯了流浪的三毛突然觉得有一个温暖的港湾也不失为人生的美好。相处了一段时间后，德国教师向三毛求婚，三毛欣然接受了。

他们满心欢喜地去印结婚名片，还特地挑选了薄木片的材质，一面印上中文，一面印上德文。三毛沉浸在无比的幸福之中，然而这幸福来得太短太短，还来不及去握住，就带来撕心裂肺的剧痛。就在他们印名片的晚上，她的未婚夫突发心脏病，猝死在三毛的怀中。

我笑，便面如春花，定是能感动人的，任他是谁。

这个她下定决心要白首偕老的人，就这样死在她的怀中，没有留下一句话。生命如何能承受这样的伤痛，三毛悲痛欲绝，万念俱灰，她选择了服毒自杀，幸好被父母发现，及时抢救了过来。

丧失挚爱的悲痛让三毛再也无法在台北待下去，她想起了热情奔放的西班牙，那个适合疗伤的地方，于是再一次开始了她流浪的脚步。也许三毛天生就适合漂泊，她只有在流浪，流浪远方时才能看到生命的光芒。

马德里确实是个疗伤的好地方，三毛在那里和西班牙女孩合租，生活在一起，她们一起游玩、逛街、看电影，渐渐重获了快乐。

有一天，三毛又来到那个一起过平

安夜的中国朋友家里，楼下的院子里有个女孩叫她的名字，那是荷西的妹妹伊丝帖。伊丝帖知道自己的哥哥一直爱慕着这位东方女子，看到三毛到来，她立刻来找她，并缠着三毛一定要给荷西写一封信。时光就这样匆匆而过，一晃竟然六年的时间就这样过去了，记忆中那个帅气执着的西班牙大男孩如今想来都渐渐模糊了。三毛不好推辞，亦不知道写些什么，就简单地写了一句“荷西，我回来了，我是 Echo”，并留下了地址。

而还在服兵役的荷西接到三毛的信，万分激动。六年来，三毛乌黑的长发、乌黑的明眸，从来没有在他心中淡去，从他十八岁第一次见到三毛开始，就决定用一辈子的时间来爱她，守护她。

荷西立刻给三毛回信，告诉三毛他的归期，请求她一定要等他。荷西等待了六年，他再也不愿意再错过这个让他日夜思念的女子。从马德里回来之前荷西还给三毛打了电话，但是三毛竟这样漫不经心地忘记了荷西的归期。

那天，三毛和朋友去一个小城玩，室友打电话告诉三毛有人给她打了十几个电话。随后又来了一个电话，是马德里的一个女友，请三毛赶紧到她家去。

三毛急匆匆地打车去了女友家，女友把她带到客厅，神秘地让三毛闭上眼睛。

“当我闭上眼睛，听到有一个脚步声向我走来，接着就听到那位太太说她要出去了，但要我仍闭着眼睛。突然，背后一双手臂将我拥抱了起来。我打了个寒战，眼睛一睁开就看到荷西站在我眼前，我兴奋得尖叫起来，那天我正巧穿着一条曳地长裙，他穿的是一件枣红色的套头毛衣。他揽着我兜圈子，长裙飞了起来，我尖叫着不停地捶打着他，又忍不住捧住他的脸亲他。站在客厅外的人，都开怀地大笑着，因为大家都知道，我和荷西虽不是男女朋友，感情却好得很。”

分别六年再相逢，看着眼前从男孩变成男人的荷西，三毛原以为自己会不在意，却不想会这样地激动不已。而荷西看着眼前让他魂牵梦萦六年的女人，更加坚定地要做三毛一辈子的港湾，护她周全，再也不要分离。

在马德里一个美丽的黄昏，荷西邀三毛去他家，当三毛走进荷西的房间，便被震住了—“我抬头一看，整面墙上都贴满了我发

了黄的放大黑白照片，照片上，剪短发的我正印在百叶窗透过来的一道道的光纹下。”

看了那一张张照片，三毛沉默了很久，她问荷西：“我从来没有寄照片给你，这些照片是哪里来的？”原来三毛之前每次寄照片给在西班牙的中国朋友徐伯伯，荷西就把三毛的照片偷出来，拿到照相馆去做底片放大，然后再把原来的照片偷偷地放回盒子里。

此刻，三毛再冰冷的心都被荷西融化了，她以为当年只是一个冲动少年盲目的举动，不想自己竟是荷西毕生的追求。

三毛转身问荷西：“你是不是还想结婚？”这时轮到荷西呆住了，仿佛三毛是个幽灵似的。

他呆望着三毛，望了很久。三毛说：“你不是说六年吗？我现在站在你的面前了。”说到这里，三毛突然忍不住哭了起来，又说，“还是不要好了，不要了。”荷西忙问：“为什么？怎么不要？”六年的时光经历了太多，三毛觉得自己输掉了一切的筹码，青春、爱情、对美好的追求，爱恨情仇突然都涌了出来。

三毛说：“你那时为什么不要我？如果那时候你坚持要我的话，我还是一个好好的人，今天回来，心已经碎了。”

荷西说：“碎的心，可以用胶水把它粘起来。”

三毛说：“粘过后，还是有缝的。”

荷西把三毛的手拉向他的胸口说：“这边还有一颗，是黄金做的，把你那颗拿过来，我们交换一下吧！”

但三毛终究不肯那么快结婚，因为在三毛心里，还有一片一直让她魂牵梦萦的热土——那就是和西班牙只有一水之隔的撒哈拉沙漠。三毛觉得自己上辈子可能是生活在那片土地上的人，像是前世的乡愁，总是让她莫名地想踏上那黄沙漫天的荒漠之地。

而荷西喜欢的是找一个临海的地方生活。他曾经对三毛说，这世上他只执着于两件事：一件是对三毛不变心的爱，另外一件就是对大海深沉的爱。荷西喜欢潜水，喜欢沉浸在大海的汹涌与辽阔之中。

然而为了心爱的女人，荷西默默地选择了收拾行囊，在三毛之前就抵达了撒哈拉，并且在一家磷矿公司找好工作，租好了房子等待三毛的到来。这就是荷西的爱，永远不多言，却一次一次地用行动来证明他坚定的心。

当三毛接到荷西从撒哈拉来的信，感动不已。荷西写信说："我想得很清楚，要留住你在我身边，只有跟你结婚，要不然我的心永远不能解除这份痛楚的感觉。我们夏天在沙漠结婚好吗？我在沙漠等着你。"也许荷西并不能了解三毛的文字和才气，但是那一颗坚定执着默默付出的心，让三毛决定此生无论天涯海角都愿意与荷西携手。

那时的三毛并不知道，正是撒哈拉成就了她一生的传奇。三毛把自己的热情、梦想、爱情留在了撒哈拉，她用文字记录了那个曾经人们以为的蛮荒之地的故事和情感，告诉人们不管什么地方都有生命和奇迹，不管路途多么遥远，有梦想和胸襟都可以到达。之后，不管去没去过撒哈拉的人都记住了三毛的名字。

刚开始在沙漠的生活非常艰辛，三毛的父亲担心倔强的女儿在沙漠中受苦，给了三毛一笔钱添置家用。然而自尊心很强的荷西坚决不肯用三毛父亲的一分钱，让三毛把钱都存进了银行。

三毛用荷西在沙漠打工攒下的钱简单地为新家添置了一个冰箱、一只冻鸡、一个煤气炉、一条毛毯，开始了沙漠的生活。

而这对有情人，几经周折，也终于在沙漠的法院里完成了婚礼。虽然简陋，甚至连一顿宴席都没有，但三毛知道，只要爱人在身边，天涯海角，她那颗流浪的心都有温暖的港湾。

荷西更加努力地工作，每天在外辛苦地工作赚钱，他要用自己的双手给妻子美好的生活。为了赚更多的钱，荷西

夜以继日地工作，那个简陋的家，常常只有三毛独守空房，每当荒芜的沙漠被黑夜吞噬，家徒四壁，面对冰冷的墙，再骄傲的三毛也觉得孤寂难熬。

每当荷西赶夜间交通车回工地，关上门的那一刻，三毛总是忍不住流泪，她跑到天台看着丈夫的身影越来越远，满心的寂寞和惆怅。多少次，三毛忍不住冲上去拦住荷西，气喘吁吁、近乎哀求地对荷西说："你留下来行不行？今天又没有电，我很寂寞。"

荷西的眼眶也红了，他又何尝不想陪在爱人身边，一刻也不要分开，可是身为一个男人，他要努力给爱人更好的生活。寒风中，荷西就这么伫立着，望着三毛，但最后还是一狠心离开，只为了多赚一点生活费。

荒芜的沙漠给了三毛很多苦，必须付出很多的艰辛和忍耐才能生活下去，但也给了三毛很多的创作源泉。《白手起家》《素人渔夫》《天梯》《荒山之夜》《死果》《娃娃新娘》《沙漠观浴记》《爱的寻求》《哭泣的骆驼》等，记录了三毛和荷西在沙漠的点滴生活，也记录了沙漠中一段段耐人寻味、荡气回肠的故事。三毛的笔墨跌宕起伏亦从容优雅，那时的三毛还不知道，自己在这里记录的一点一滴，在大洋彼岸自己的国土已经引起了文学热潮。

三毛和荷西在撒哈拉生活了三年多，离开的时候却那样慌乱匆忙，平时朴实安静的撒哈拉就这样陷入了民族的纷争中。土著沙哈拉威人反抗西班牙的统治，要求自治，还要赶走所有在撒哈拉的西班牙人。

1975 年 10 月 17 日，海牙国际法庭做出判决，西属撒哈拉由当地居民自治。三毛和荷西再也没有办法在撒哈拉生活，他们去了加纳利岛，租下了一套面朝大海的洋房，开始了新的生活。

原本以为会过上面朝大海、春暖花开的生活，但是生活在物质面前却显得那么不堪一击。荷西在这里迟迟找不到工作，只能靠三毛每个月从遥远的国土寄回来的稿费生活。最后荷西冒险回到撒哈拉工作，那时的撒哈拉还在战火之中，每一次荷西出门三毛都担心不已，然而却不得不跟生活一次次妥协。

几经周折，荷西终于找到了一份自己梦寐以求的潜水的工作。荷西和三毛一起搬到了荷西工作的芭拉玛岛，三毛初到这个岛上的时候就感觉到一种莫名的阴影和压抑，尽管彼时的芭拉玛岛正春光明媚。

这个岛几乎与世隔绝，三毛白天在家写作等荷西回来，荷西下了班，他们就在黄昏的阳台上，面朝大海，红酒佳肴，夜晚在海风的呼吸声中相拥入梦。那时他们的生活应该是结婚之后最亲密最无忧的，但是三毛却总是不时地觉得心一阵绞痛，夜里总是被噩梦惊醒，她梦见有人追着她跑，却找不到荷西的身影。

三毛觉得这轮回的噩梦是死亡的征兆，她以为自己会先死。那日三毛的胸口又是一阵绞痛，她抱住荷西说："要是我死了，你一定答应我再娶，温柔些的女孩子好，听见没有——"荷西听后惊慌失措，他觉得这座岛屿可能真的不适合三毛，结束了工作之后他就带着三毛离开了。

然而让三毛始料未及的是，离开了的那个人，不是自己，而是荷西。

那天荷西像往常一样潜入海底，却再也没有浮出水面。

此时的三毛正陪父母去伦敦旅游，听到噩耗的三毛震惊不已，跪倒在地上，她不敢相信这是真的，立刻随父母一起回到芭拉玛岛。

两天后荷西的尸首被捞上来，三毛来到停尸房，看到心爱的荷西的尸体，再也忍不住痛哭流涕，而已经去世两天的荷西眼睛里竟然流出血来。

“我说上帝，我用所有的忏悔向你换回荷西，哪怕手断了、脸丑了都无所谓，一定要把我的荷西还给我。陪我的西班牙老太太告诉我，她看着我的头发一夜间，一点点都白了。”

这一年三毛 34 岁，荷西才 30 岁。

三毛把荷西葬在了芭拉玛岛，她独自为荷西挖坟，亲手把心爱的人埋葬，泪水混在泥土里，一点点渗进三毛的心里，一阵阵撕心裂肺的痛。之后的每天她都去墓地陪伴荷西，多少次在夜里梦见荷西，她大声叫着：“荷西回来！荷西回来！”然而醒来后只有空荡冰冷的床。

父母看到伤心欲绝的三毛，再也不忍心让她独自在这个岛上暗自伤神，就带着三毛回到了台湾。

然而三毛依旧沉浸在荷西去世的阴霾里，她想到了死。亲人和朋友都前来劝说三毛，在众人苦口婆心的劝解下，三毛终于暂时打消了念头。

此后的三毛把所有精力都倾注在流浪和写作之中，她夜以继日地写稿子。她在《联合报》的资助下去了南美洲，自己又去了大陆的很多地方，她不停地流浪，不停地创作，留下了很多文学作品，还涉足了电影《滚滚红尘》的编剧。也许只有不停地创作，才能让她暂时从悲痛中抽离出来。

本以为三毛可以安定地过完此生，让踏遍世界的脚步和文字陪伴她的悲伤和孤寂。但是三毛终究是个传奇，每一段生命，开始的时候没有征兆，离开也一样让人猝不及防。

人之所以悲伤，是因为我们留不住岁月；而更无法面对的是有一日，青春，就这样消逝过去。

1991 年 2 月，三毛因病住进了荣民总医院。三毛得的是子宫内膜肥厚，不是什么严重的病，只是一个小手术。她的病房是一间带独立浴室的单人病房，做完手术之后，医生告诉三毛，两天之后就可以出院了。

然而手术的第二天，当早晨打扫的护士推开三毛的病房门，一下就惊呆了——三毛用一条咖啡色的长丝袜，自缢在了挂点滴的挂钩上。三毛自缢的浴室内有马桶扶手，三毛但凡有一点点求生的欲望，只要扶住扶手就能保住性命。

可惜她没有这么做。三毛经历了人生坎坷，走遍了万水千山，也痛失了一生挚爱。这个一生传奇的女子走的时候

——— 刻意去找的东西，往往是找不到的。

天下万物的来和去，都有他的时间。

竟这样匆忙，甚至没有留下遗书。很多人不理解她为何撑过了最艰难的时候偏偏在这个安静的时候选择结束自己的生命，甚至有人怀疑她并非自杀。

有些人觉得是因为《滚滚红尘》的电影在满贯荣归之后偏偏没有给她一个最佳编剧奖；有人觉得是因为三毛认识了《在那遥远的地方》的作曲者王洛宾，对他产生了爱慕，对方却不敢回应；有人觉得是因为三毛的笔墨用到枯竭，再也没有可以写下的作品……

这一切都是猜测，都是对三毛离开的不甘。滚滚红尘，三毛一个人流浪，一个人天涯，也许她真的只是累了。无论你是否留恋，是否惋惜，她已经一去不回。

Chapter 9

你是人间四月天

林徽因

林徽因

中国著名建筑师、诗人、作家。

说起林徽因，很多人觉得她就像一个传奇，在那个离我们不算太近也不太遥远的年代里，用一生的丰富绚烂让人羡慕不已。从那个刚从封建中开化的民国年代，飘过了战火硝烟的时光，走过了动荡浮躁的岁月，直到今天，她依然像一个女神一般被人推崇着。

林徽因的确是个幸运的女子，她出身名门，天生丽质。少女时代，她随着父亲游历欧洲，才情兼备又博闻强识的她遇见了浪漫的诗人徐志摩，成为徐志摩一生都牵挂的女子。年长成熟后，又

少年林徽因

嫁给了一生宠爱她的梁思成，与梁思成拥有共同的建筑事业，携手游学，自己也成为中国建筑学的先驱。更有金岳霖这样的哲学大师甘愿为她孤老终身，相伴左右。

她是不可多得的才情女子，学贯中西，文理兼得，她有着建筑学天赋，技术领域的高度令很多人望尘莫及。她又有着文学的才华，写诗作文，笔墨独到，出尘脱俗。她的“太太的客厅”谈笑有鸿儒，往来无白丁，聚集了胡适、徐志摩、沈从文、金岳霖、朱光潜等那个年代最出色的文人雅士。

也许早已有太多的人知道她的故事，也有太多的笔墨书写过她的人生，可是她的爱情，还是这样值得一读再读。

1904 年 6 月，林徽因出生在杭州的官宦之家，父亲林长民毕业于早稻田大学，曾任北洋政府“司法总长”，曾两度留学东洋，投身辛亥革命，与梁启超、胡适等人都是好友。

林徽因和姐妹们

拥有如此优秀的父亲，林徽因的母亲却是个极其平凡的女子，她只是个侧室，一个作坊家庭出身的女子，目不识丁，守旧又有些急躁任性。她先后为林徽因的父亲生下了二女一子，却只有大女儿林徽因活了下来，其他的孩子都不幸夭折了，因此也讨不到丈夫和婆婆的欢心。

林徽因八岁的时候，父亲又娶了一位姓程的上海女子，她虽然也没有太多文化，但生性乖巧，很会说话，她为林长民生了几个儿子，很快便得到了丈夫的宠爱。从此，林徽因母亲的庭院变得更加冷清。在林徽因的记忆里，母亲的脸上几乎没有笑容，总是满带着泪水和怨恨，甚至脾气越来越差，性格也越来越偏执，常常对林徽因发火。

童年的林徽因是孤独而又敏感的，一方面她崇拜自己的父亲，一方面母亲的埋怨和仇恨让她深深感受到旧式一夫多妻的婚姻带来的伤痕。一次林徽因生了一场大病，病榻上她听到母亲向管家讨钱，希望除了月钱之外多给一些银两支付林徽因的医药费。管家拒绝了母亲，即使母亲同管家争吵，也无济于事。失宠的太太，连一个下人都不会买账。从那一刻开始，林徽因知道，她靠不了母亲，如果自己不优秀，终会和母亲一样在这个大家族里被摒弃。生活让她在原本应该天真烂漫的年纪过早地学会了承受和成熟。

当林徽因还是个孩子的时候，她便懂得如何让父亲和家族的人喜爱她。她生得可爱，又乖巧懂事，小小年纪就学会把家务做得井井有条，学习也一直是兄弟姐妹里最好的，而她理所当然地成为父亲“最宠爱的孩子”。

1916 年，林长民在北洋政府任职，十二岁的林徽因也随全家人搬迁到了北平（现在的北京），这个从微风细雨的江南走来的婉约女子，终要在更大的世界开出自己的芬芳。

林长民和梁启超是世交，梁启超早听闻林长民有一位美丽聪颖的女儿，便有意安排儿子梁思成与林徽因相见。

那一年，林徽因十四岁，梁思成十七岁。那一天，梁思成随着父亲一起来到林家的书房，不一会儿，一个亭亭玉立还带着点稚气的女孩走进房门，梳着两条小辫，双眸清澈有神采，五官精致得像是雕琢的，浅浅的笑靥带着点羞涩。那一刻，梁思成觉得林徽因宛如一个小仙子。

十七岁的梁思成正值血气方刚的年纪，身边不缺名媛佳人，而林徽因用她出水芙蓉般的清新淡雅给了梁思成极好的印象。这一见，他便再也没有忘记这个柔美的江南水乡走出来的清纯脱俗的女孩。

只是这次短暂的相见，他们并没有走进彼此的生活，也许命运也在等待一个最美好的年纪让他们再遇见彼此。十四岁的林徽因也没有想过，眼前这位文质彬彬的男孩以后会成为自己携手一生的伴侣。这个聪颖美丽的女子，也有着自己浪漫的情怀，她还有更大的世界要去看，更多的情感去体味，才能把自己最美的风华酝酿出芬芳。

1920年春天，林长民赴英国讲学，十六岁的林徽因有了机会随父亲去欧洲游学。这么多年，她努力做着父亲“最宠爱的孩子”，也终于让自己的生命翻开了全新的篇章。她随父亲乘坐邮船抵达法国，尔后又陪着父亲开始了长达四个月的旅行。他们一路走过巴黎、日内瓦、罗马、法兰克福和柏林。领略过欧洲城堡、教堂、广场各种建筑的华丽和高雅，林徽因深深地被异国风格迥异的建筑吸引了，这也成为她后来选择学习建筑学的原因。

聪颖的林徽因在父亲的身边扮演着翻译和小女主人的角色，替父亲接待客人，陪同父亲参加各种社交活动，也随着父亲认识了很多史学家、小说家、诗人等文化名流。来家造访的客人们谈论着文学、经济学、社会科学、哲学等各种话题，而林徽因也在

16 岁的林徽因随父亲一起游学

这样的环境里得到了滋养。

旅行结束后，林徽因和父亲在伦敦定居下来，林徽因考入了圣玛丽女子学院学习。在那里，她不仅学习了一口纯正的英语，也博览群书汲取着知识的养分，还跟着父亲相识的文化名流学习新思想新知识。这个江南走出来的闺秀，在异国文化的滋养下，长成了一个广识博闻、心胸开阔的魅力女子。

而爱情，也在这个时候走进了林徽因的生命里。

这个人，便是浪漫的诗人徐志摩。二十四岁的徐志摩从美国来到英国，原是为了投入哲学家罗素门下，然而遗憾的是，等他来到剑桥大学，罗素已经被学校除名了。幸而由小说家狄更生介绍，徐志摩又得以进入剑桥大学皇家学院，研究西方文学。

徐志摩

现代诗人、散文家，新月派代表诗人，新月诗社的成员。

林长民家是文化名流常常拜访相谈的地方，徐志摩自然也去了林家拜访。林长民很赏识徐志摩的才华，两人相见恨晚，相谈甚欢。十六岁的林徽因第一次见到徐志摩时，一个是风流倜傥的浪漫才子，一个是美丽脱俗的花季少女。第一次的相见，谁也不能说谁对谁动了情，只是眼前的人，又怎会相见之后忘却?

随着徐志摩常常去拜访林长民，他和林徽因也渐渐熟悉起来。徐志摩介绍了很多书给林徽因看，雪莱、拜伦、伍尔芙，林徽因都一一拿来阅读。再见面时，便和徐志摩讨论书的内容，他们一起讨论文学艺术，一起写诗，一起漫步在风景如画的康桥上，一起在康河清澈的波光里泛舟。他们总有说不完的话题，他有他的浪漫才情、温文尔雅，她有她的聪颖灵气、清澈如水。爱情也在伦敦的雨雾中开始蔓延飘荡，在康河的柔波里涟漪起伏。

这一场爱情，对于林徽因来说是初次的怦然心动，一场美丽的遇见，在她如白莲花般清澈柔软的心里洒下了滋润的雨露。而对于徐志摩，他早在伦敦之前就在父母的安排之下有了一个叫张幼仪的妻子，还为他生了一个孩子。可是徐志摩对于被安排的婚约却没有丝毫感情，甚至深深地排斥。与林徽因的相遇，他才真正感受到自己作为一个浪漫的诗人最梦寐以求的爱和美丽，他全身心地投入到对林徽因的爱情里。

而这个时候，徐志摩的妻子张幼仪来到了伦敦，在沙世顿与他同住。

而徐志摩却陷入与林徽因的爱情里不能自拔，他要逃离这场婚姻，要和自己心爱的姑娘在一起。不久后，张幼仪怀孕了。徐志摩竟让她把孩子打掉，并要求离婚。张幼仪轻声说："有人因为打胎死掉的。"徐志摩回答道："还有人因为坐火车死掉的呢，难道你看到人家不坐火车了吗？"

对林徽因尽是浪漫和柔情的徐志摩，面对自己的结发妻子却是这样冷酷无情。这个靠爱情喂养的浪漫诗人，没有了爱情，便没有温柔和疼惜，即使他知道张幼仪贤惠老实，在老家照顾自己的父母，来伦敦把家务打理得井井有条，可是没有爱情，即便做得再多，他也视若无睹。

当林徽因爱上徐志摩的时候，她骨子里的浪漫和少女情怀让她奋不顾身地投入到爱情美好的梦境里。可是聪颖如她，面对徐志摩和妻子的这份纠缠和决绝，她从梦里醒了过来，她想到了自己母亲多年的伤痛和凄凉。一旦清醒，她便比谁都理智，她知道自己想要的爱情，是与一个人偕老，完整的、纯粹的，只属于自己一个人的爱情。

林长民看到了女儿面对这份爱情的纠结，也不愿意自己钟爱的女儿陷入这样的纠葛里，便写信给徐志摩帮助林徽因结束这段感情。1921 年 10 月，林长民带着林徽因回国，与徐志摩不告而别。

林徽因就这样仓促地抽身而去，留徐志摩独自徘徊在康桥上失魂落魄。很多人觉得林徽因太过理智太过无情，可其实正是因为她的善良，才不忍做徐志摩爱情的第三者。对于素未谋面的张幼仪，林徽因没有丝毫的敌意，她只是怜惜，才不愿自己成为背叛的理由。

回国后的林徽因再次邂逅了梁思成，经过这次欧洲之行，林徽因变得更加曼妙多姿，不可方物。而再次见到林徽因的梁思成更加对林徽因倾心不已，他笃定林徽因将是他携手一生的女子。

此后的梁思成经常来找林徽因。对于梁思成，林徽因并不是没有好感，只是自己刚从一段恋情里逃离，虽然看起来依然淡定自若，可是一个女子浪漫的初恋画下句点怎会没有伤痕？而比起能说会道的徐志摩，梁思成要老实木讷得多，他并不懂得花言巧语讨女孩子的欢心，却用一种坚持的陪伴润物细无声地轻轻敲打着林徽因的心房。

1923 年 5 月，北京大学的学生举行了“国耻日”游行。梁思成骑着摩托车去追游行的队伍，突然一辆轿车开过来，撞到梁思成的摩托车侧面，梁思成被压在摩托车下，还被甩了出去。

林徽因听到车祸的消息，立刻赶到医院去看他。梁思成躺在病床上的那段时间，林徽因一直守在床前无微不至地照顾着他。车祸后的手术让梁思成的右腿比左腿短了一小截，甚至导致他以后走路会有一些瘸，但梁思成看到自己爱的姑娘陪伴在身边，他知道林徽因的心也在一点一点向自己靠近。

梁思成和林徽因聊起兴趣爱好，聊起未来的求学，林徽因告诉梁思成，自己喜欢建筑，希望以后可以留学学习建筑学。那时的梁思成连建筑学是什么都不知道，但他看着林徽因神往的清澈眼神，便暗下决心，要和林徽因一起留学学习建筑学。

1924年，印度诗人、哲学家泰戈尔访华，徐志摩作为泰戈尔这次访华的总陪同，而林徽因因为父亲的关系也参与了陪同和翻译的工作，这让他们再次有了交集和相处的机会。他们一起陪同泰戈尔游北京、参加演讲活动。智慧的泰戈尔看出了两人的默契和眼神的交集。在泰戈尔看来，林徽因和徐志摩是天造地设的一对，他甚至有意撮合两个人在一起。徐志摩也重新燃起了和林徽因在一起的希望和激情，而这样的重逢林徽因又怎能不心动？只是比起徐志摩的炙热和冲动，林徽因是理智的，她依旧选择了拒绝。

徐志摩的确比梁思成更浪漫更有才情，可是她在梁思成的眼里更能看到携手一生的专属爱情。梁思成给她的许诺，也从来不是冲动。

也正是在1924年，梁思成真的随着林徽因一起去了美国，他们一起在宾夕法尼亚大学开始学习建筑学。连梁思成自己都没有想到，建筑也为自己打开了一扇门。梁思成本来就喜欢绘画，沉稳细腻的梁思成总能准确漂亮地绘出建筑图纸。而活泼灵动的林徽因极富创造力，常常构思出各种建筑图样。南辕北辙的性格反而让他们奇妙地互补，梁思成总能让林徽因飞扬的构思真正地落实下来，经他的巧手绘图，便可以把林徽因乱七八糟的草图绘制成整整齐齐的设计稿。他们的成绩在宾大一直名列前茅，

梁思成
籍贯广东新会，生于日本东京，毕生致力于中国古代建筑的研究和保护，是建筑历史学家、建筑教育家和建筑师。

林徽因与梁思成

连老师都夸他们的建筑图作业简直“无懈可击”。而这样的珠联璧合也让他们彼此更加惺惺相惜。

在宾大学习的日子，女生宿舍的楼下常常能看到梁思成徘徊的身影，爱美自恋的林徽因每次都要梳洗打扮很久才出门，而梁思成总是愿意这样耐心地等着她。他们一起做作业，梁思成总愿意耐心地帮林徽因把天马行空的想法绘制成图纸，也许没有浪漫激情，没有诗情画意，可梁思成给她的是细水长流的守护和包容。朝夕的相处，也让林徽因坚定了梁思成可以成为自己携手一生的人。

1928 年 3 月，林徽因和梁思成正式结为夫妻。婚前，梁思成曾问林徽因:“有一句话，我只问这一次，以后都不会再

林徽因、徐志摩和泰戈尔

林徽因在美国读书的证件照

问，为什么是我？”林徽因回答：“答案很长，我得用一生回答你，你准备好听我了吗？”这个对梁思成来说像谜一样的女子，一句话，更让梁思成愿意呵护她一生。

结婚之后，他们在梁启超的安排下赴欧洲参观古建筑。8月，他们回到北京，一起受聘于东北大学建筑系，分别被任命为主任、教授。

林徽因没有选错人，她所嫁的梁思成是真正愿意宠爱她一生的人，他甚至愿意甘当她的绿叶陪衬。擅长交际的林徽因把家变成了“太太的客厅”，胡适、徐志摩、沈从文、萧乾、金岳霖、李健吾、朱光潜等那个时代最出色的男子都争先恐后地来做客，他们一起讨论文学艺术，一起写文章作诗。梁思成在文学方面的造诣并不如林徽因，但他谦虚而又坦然，梁思成说：“都说老婆是别人的好，文章是自己的好。我说呀，老婆是自己的好，文章是老婆的好。”

他们一起去野外寻访古建筑，一起走遍大江南北，道路崎岖，严寒酷暑，他们都相互扶持一起走过。那些年，他们一起考察了200多个县，调查了近3000处古建筑，一起撰写《中国古建筑史》。

梁思成心甘情愿地宠着林徽因的大小姐脾气和自恋情结，林徽因有时候会莫名其妙地发脾气，甚至责骂，而梁思成总是不管自己有多累都耐心地安慰林徽因，逗她开心。每次外出林徽因总要打扮许久，也常常对着镜子顾盼欣赏。梁思成虽然不会嘴上甜言夸赞，却花了一周的时间亲自为林徽因雕琢、打造了一面仿古的铜镜。

原本身体就不好的林徽因经过了野外考察的风霜，肺病久积不治，变得日趋严重，医生建议林徽因去山上好好静养一段时间。1931年，林徽因搬到了香山的别墅静养身体。静养的日子里，徐志摩、金岳霖、沈从文等文人朋友们也常常来访，而梁思成还继续忙于对古建筑的考察，继续他们未完成的事业。这个时候，另一个男子走进了林徽因的内心，他便是哲学家金岳霖。他和林徽因很早就经徐志摩的介绍在英国相识，金岳霖曾经见证了林徽因和徐志摩的爱情。又或许，他早就爱上了林徽因，只是因为徐志摩的关系迟迟没有机会。而如今佳人已经嫁为人妻，他却依旧无法将她忘怀。也许这就是哲学家和诗人对待爱情的不同，徐志摩不顾一切地要与发妻离婚，以求和林徽因在一起，而后却又可以和陆小曼轰轰烈烈沸沸扬扬。而金岳霖，却愿意选择自己孤单一生，守望着这份执着的爱情。

林徽因梁思成婚礼

这样执着的守候，哪个女子不为之动容？更何况金岳霖也是个风度翩翩的男子，既有着哲学的思想又带着文学的

浪漫。一天，梁思成从外地回来，林徽因有些沮丧地对梁思成说：“我很苦恼，我同时爱上了两个人，不知怎么办好。”震惊的梁思成痛苦地思索了一夜，他对林徽因说：“你是自由的，如果你选择老金，我祝愿你们幸福。”说毕，两人都哭了。

之后，林徽因将此话转告给金岳霖，金岳霖回答道：“看来思成是真正爱你的，我不能伤害一个真正爱你的人，我应该退出。”金岳霖放弃了林徽因，但他把家搬到了北总布胡同，做了他们的邻居。此后每次搬家，金岳霖都选择了与他们毗邻而居。两个都深深爱着林徽因的男子，竟这样融洽地相处了下去。金岳霖可以自如地出入梁家，他们一起聚餐，一起闲谈，金岳霖甚至还成了他们夫妻吵架的调和剂，三个人彼此都成了终身至交。

左起：周培源、梁思成、陈岱孙、林徽因、金岳霖、吴有训，前面的小孩为梁思成的女儿梁再冰与儿子梁从诫。

而金岳霖，真的选择用一生的痴情守望着林徽因，终身未娶。

1931 年 11 月 19 日，徐志摩乘坐的飞机失事，32 岁的徐志摩丧命在赶去北京听林徽因演讲的飞机上。林徽因知道后失声痛哭，她陷入了深深的自责和内疚，这样的结局让林徽因一生都无法释怀。她让梁思成去事发地点找来飞机上的一截木头，林徽因将整截木头悬挂在床头，到死都没有拿开过。而梁思成，依旧是包容和成全。

1937 年，抗日战争爆发了，林徽因和梁思成不得不一起逃亡到昆明，而林徽因那时还在生病中，一路的颠沛流离让她的身体状况雪上加霜。在昆明，林徽因和梁思成一同被聘请为西南联大的教授。严重的通货膨胀让曾经的金童玉女变成了贫贱夫妻，为了支付房租，林徽因不得不外出教书来维持生计，一个星期来往

1936年，林徽因在陕西长安县调查古建筑

四次，要走十公里的路。有一天，她发烧到四十摄氏度，昏倒在大街上。

梁思成又心疼又自责，可是他们真的穷得连孩子们的衣服都买不起。随着战火硝烟的不断侵袭，昆明也无法容身，他们不得不搬到穷乡僻壤的李庄躲避战火。又是一路的颠簸劳顿，林徽因的身体彻底累垮了，病情一天天严重，身体也一天天地消瘦，病痛让她一时间失掉了焕发的容颜，变得面色苍白，憔悴苍老。

为了照顾林徽因，给她补充一点营养，梁思成把自己的派克钢笔、手表都当了，换了钱买鸡蛋给林徽因吃。从小也是公子哥的梁思成承担了所有的家务，生火、煮饭、做菜、蒸馒头，甚至还会腌咸菜、做果酱。为了方便林徽因治病，梁思成还学会了输液、打针，他悉心周到地把医用的器皿用蒸锅消毒，分置有序，一丝

不苟。

他想尽办法让林徽因多吃一点，甚至每次她吃之前，都要自己亲自尝尝咸淡。林徽因的肺病是传染的，可是她强烈的自尊心忌讳别人把她当隔绝的病人对待，更觉得分餐是一种嫌弃。梁思成便和家人与她同桌用餐，后来自己也染上了肺结核。

可是林徽因的身体依旧每况愈下，从李庄开始，她大部分时间都是在病床上度过的。病痛让林徽因消瘦得可怕，尤其到她快去世的那几年，林徽因的体重只有五十多斤。但病魔并没有夺走她热爱建筑和文学的心，在病榻上，她通读了《二十四史》中有关建筑的部分，为写《中国建筑史》搜集资料，经常工作到深夜，也依旧写文章作诗抒发情怀。而不管岁月和病痛如何摧残她的容颜，梁思成依然爱着她，宠着她，一如往昔。

终于，他们熬到了抗日战争的胜利，一起回到北平。梁思成找了美国著名的胸外科医生给林徽因仔细地检查，可结果却是两个肺和肾都严重感染，只有五年的生命。但病弱的林徽因却依旧怀着坚忍不拔的心，她依然坚持着自己热爱的建筑事业和文学。她为清华大学设计教师住宅，并接受校外的设计任务，还和梁思成一起被聘为清华大学建筑系一级教授。

梁思成心疼林徽因的身体，每每想到林徽因受到病痛的折磨，都让他心痛不已。可是他懂林徽因热爱建筑的心和对新中国事业的热情，正是因为爱，才不愿意给她束缚。也正是这份对建筑共同的热爱，让他们一直彼此惺惺相惜。他们一起设计人民英雄纪念碑，一起翻译《苏联卫国战争被毁地区之重建》，给国家建设提供借鉴，一起保护北京古城，反对古建筑的拆迁。

虽然病重，林徽因依然是那个锋芒毕露的女子，面对北京城要大规模拆除古建筑，她十分愤慨，据理力争。这也使得她的病情恶化，任性的林徽因甚至拒绝吃药。

加重的病情让林徽因脆弱不堪，不得不住进同仁医院。1955 年 3 月 31 日，林徽因几天都没有进食，浑身无力，身体的多个器官已

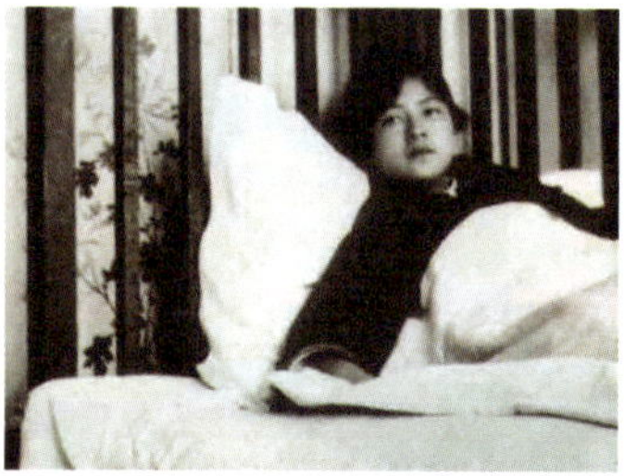

病床上的林徽因

经衰竭。半夜的时候，她忽然用微弱的声音叫护士：“我要见一见梁思成。”护士见夜已深，便劝她明天再见。

这句话，竟成了林徽因的最后一句话。她最终没能等到明天，最后的话也终究没能亲口告诉梁思成。第二天，梁思成来到病床前，林徽因已经没有了气息。梁思成第一次哭得不能自已，他拉着林徽因的手，不停地重复：“受罪呀！受罪呀！徽，你真受罪呀！”

这一年，林徽因才五十一岁。

林徽因去世后，很多清华的老朋友纷纷责怪梁思成，说他没能让林徽因好好养病，为了事业，让林徽因早早去世，其实最心疼林徽因的那个人，正是梁思成。只是他懂她，比起追求浪漫的徐志摩和在旁默默守护的金岳霖，梁思成才是真正与林徽因相濡

晚年的林徽因和梁思成

以沫二十七年的那个人。就像林徽因所说的："徐志摩爱的只是想象中的我。"而梁思成，他爱的才是那个最真实的林徽因，正是因为爱她、了解她，才给她那么多的包容和自由，才选择支持她，与她一起并肩同行。

林徽因的女儿梁再冰说："现在的人提到林徽因，不是把她看成美女就是把她看成才女。实际上，我认为她更主要的是一位非常有社会责任感的建筑学家。她和我父亲梁思成是长期合作者，这种合作基于他们共同的理念，和他们对这个事业的献身精神。"

是的，我想这个世界上没有人比梁思成更懂林徽因，与一个爱你懂你包容你的人度过一生，也是林徽因最智慧的选择。

Chapter 10

只爱过一个正当最好年龄的人

沈从文

手写的书信，现在看来，

宛若是一件很遥远的事情了，

那信笺上一笔笔的相思情书，

似乎也早已是一种奢求。

云中谁寄锦书来？

雁字回时，月满西楼，

恐怕你我都再难体会这书信里的甜蜜和苦楚。

沈从文，原名沈岳焕，笔名休芸芸，作家、历史文物研究者，湖南凤凰人。

在还没有网络没有手机的年代里，思念只能通过一封封书信来传递。民国年代的才子们，大多都写得一手好情书，其中就包括沈从文。

读过《边城》的很多人都有感于沈从文细腻动人的文字，而他的情书却比小说更加动人。

当沈从文爱上张兆和，他便开始了一封封情书的日子，几乎每天都会写，甚至有时候一天写要好几封。这一写，便写了三年零九个月，才打动了这个他挚爱一生的女子，这一写，便写了一辈子，写尽了他们这一生的爱恋与相思，甜蜜与忧愁。

1929 年，在上海的中国公学，沈从文第一次遇见张兆和。

那时的沈从文是初出茅庐的大学讲师，经好友徐志摩向校长胡适推荐，来到上海的中国公学教书。而张兆和当时是一名大二的英文系学生。当时的沈从文已经在文坛上小有名气，热爱文学的张兆和早早地来到了教室，照例坐在了第一排。

为了这次讲课，沈从文精心准备了很久。这个从湘西大山里走出来的年轻讲师其实只有小学文凭，他行伍出身，看到地方军队的散漫腐败，五四运动的余波激起了沈从文内心的热血，带着对理想和文学的热爱，沈从文弃武从文来到北京求学写文章。他的文学才华也很快彰显出来，也因此结识了很多欣赏他的文学朋友，其中就包括徐志摩。徐志摩把沈从文介绍给了时任中国公学校长的胡适。胡适也是开明又欣赏才气之人，小学文凭的沈从文就这样凭借着才华成了大学讲师，这在今天是难以想象的。

那一天是沈从文第一次登上讲台，他的内心止不住一阵阵的兴奋和紧张，他知道自己一个乡下人能受到胡适的赏识来讲课是多么幸运，酝酿多日只待一鸣惊人，然而，越是期待、看重，偏偏越是紧张不安。当时的沈从文在文坛上已经小有名气，因此来听课的学生不在少数，一上讲台，沈从文看到台下这么多人，立刻慌了神，在朋友面前可以滔滔不绝的沈从文一下子变得哑口无

青年时期的沈从文与张兆和

言，教室里鸦雀无声。沈从文还是开不了口，他只好在黑板上写下一行字：“等我五分钟”。

然而五分钟过去了，他还是脑袋一片空白，一个字也吐不出来，只好又在黑板上写下一行字：“等我十分钟”。

学生们也只好眼巴巴地等着，坐在第一排的张兆和看着如此狼狈的老师也低下了头。

沈从文终于开口了，却因为声音太小，语速太快，又带着浓重的湖南口音，台下的学生们几乎没有人听得明白。窘迫的沈从文只好又拿起粉笔写下：“我第一次上课，见你们人多，怕了。”

沈从文的第一次上课，就这样狼狈地草草收场了。沈从文给张兆和的第一印象并不是太好，这似乎从一开始就注定了沈从文对张兆和的追求不会一帆风顺，想必那天紧张的沈从文也没有留意到台下听课的张兆和。然而没过多久，沈从文就注意到这个总坐在教室前排认真听课的女生。

注意到张兆和太容易了，张兆和在校园里一直是一道亮丽的风景线，她活泼俏丽，漂亮又有灵气，微黑的皮肤显得阳光健康，是当时公认的校花，爱慕追求她的男生不计其数，大家都叫她“黑牡丹”。张兆和是出身名门的大家闺秀，曾祖父历任两广总督，父亲张冀牖是北大校长蔡元培的挚友，创办了乐益女子中学，对子女的教育也非常开明。张兆和与三个姐妹不仅自幼读书，还学习昆曲，被称为苏州的“四朵金花”，叶圣陶评价她们四姐妹说：“九如巷张家的四个才女，谁娶了她们都会幸福一辈子。”

才貌双全的张兆和深深吸引了沈从文，尽管沈从文知道张兆和的追求者众多，尽管内心深处带着乡下出身背景的自卑和老师身份的双重顾虑，但心里的感情呼之欲出，沈从文再也按捺不住了，他要向张兆和表白。

他去了张兆和的女生宿舍，结结巴巴地对张兆和说“我要拿个古怪的东西给你”，说完掏出一封信，递给张兆和便转身离开。

张兆和打开信纸，上面只写了一句话：“不知道为什么，我忽然爱上了你。”

这样直白的示爱，让张兆和也愣住了。她收到的情书不计其数，其中也不乏老师的，调皮的张兆和还给这些写情书的人编号：青蛙一号，青蛙二号……但看起来一向腼腆的沈从文，竟会这样大胆直白地给女学生递情书，让张兆和也有些不知所措。她本就对沈从文并无多大好感，加上自己一直立志要好好学习，没有想谈恋爱的心思，所以也只能照例默默收下情书，不予回复。

然而沈从文的心早已炙热得不可收拾，提起笔来，他总想给张兆和写点什么，于是，情书一封接着一封递到了张兆和的手里。沈从文的信，越写越长越写越多，有时候甚至一天好几封，短短半年，张兆和就收到了沈从文的几百封情书。雪花般的信件塞满了张兆和的抽屉，也满载着沈从文深深的期盼和执着的爱情，然而张兆和却一封信都没有回复过。

这件事在整个中国公学讨论得沸沸扬扬，张兆和也被惊扰了，………… 我用手去触摸你的眼睛。太冷了。

倘若你的眼睛这样冷，有个人的心会结成冰。

甚至有些愤怒，这哪是一个老师应该对学生做的事情？她拿着一沓情书去找胡适校长，告状说：“沈从文老师给我写这些不好！”并请胡适帮忙把这些信件退还给沈从文。没想到的是，胡适不仅没有说沈从文的不是，还笑着说：“有什么不好？我和你爸爸都是安徽同乡，是不是让我跟你爸爸说说，做个媒？”张兆和有点气恼地闷声不说话。乐于成人之美的胡适其实早听说了沈从文对张兆和的爱慕，他又说：“他顽固地爱着你。”倔强骄傲的张兆和真的恼了，她说：“我顽固地不爱他。”

沈从文炙热的爱情在一封封信件上燃烧着，张兆和的冷漠却像冷雨般浇灭了他的炙热。曾经的沈从文带着韧劲和执着只身来北平闯荡，对什么都不肯轻言放弃，觉得即使再艰苦的日子都可以熬过，但是面对爱情，沈从文却感到从未有过的挫败和不知所措，相思和抑郁把沈从文深深地灼伤了。最后他选择了离开中国公学，去青岛大学任教。

青岛这座美丽的滨海小城收容了沈从文爱情的忧愁，用蔚蓝无垠的大海抚慰了他焦灼不安的心。沈从文的教师宿舍临海而建，打开窗便是一片绿意盎然，浪花拍打着海岸，海鸥飞过碧蓝的海面，静谧的星夜里，海水潮涨潮落。沈从文提起笔，又想起了自己心爱的姑娘张兆和，于是一封又一封的信件又飘到了张兆和的手中。有时候，沈从文还会把在沙滩上拾到的贝壳、卵石一起寄给张兆和。

时间一天一天流逝，春去秋来，张兆和身边的追求者也一直没有间断，但大多来去匆匆，也没有太多的时间停留，而沈从文如期而至的信件却成为她生活里仿佛永远不会变的东西。每天读沈从文的信件也渐渐成为张兆和的一种习惯，她还给每一封信标上记号，放在一个小箱子里。张兆和尤其喜欢沈从文寄来的贝壳、卵石，这些美丽的石子，像是大海的鬼斧神工，天然巧致得让张兆和爱不释手。而沈从文的坚持也像不变的海浪拍打着岸上有棱角的石子，终有一天那些石子会被磨成圆润的鹅卵石，成为大海最美的作品。

1932 年的夏天，沈从文从邮差手中接到了一封信件，一看到信封沈从文就认出是张兆和的笔迹。他的心怦怦直跳，拿着信的手都颤抖了起来。信摸起来很厚，沈从文迫不及待地打开信件，里面竟是满满五页信纸的字！仔细一瞧才明白，原来是张兆和写的一篇小说创作手稿，只有小说顶头的空白处有一句话是写给沈从文的："寄来篇习作，若能看得下去，麻烦给改一改。"虽然这封信件真正写给沈从文的只有一句话，但他依然视如珍宝，毕竟都是张兆和亲笔书写的。沈从文拿着读了又读，后来还将这篇名叫《玲玲》的小说发表在《文艺月刊》上，亲密地写上"改三三稿"。

这一年的暑假，张兆和从中国公学毕业回到了姑苏城的家中，沈从文便从青岛来到苏州九如巷的张家探访，不巧的是，张兆和正好去图书馆了。这一天盛夏的艳阳高照，沈从文以为张兆和是避而不见，不由得紧张得额头上渗出了一排汗珠。二小姐张允和听到动静走到门口，询问之下才知道，门前这个看起来文绉绉紧张得冒汗的年轻人就是那个给张兆和写了无数信件的沈从文老师，于是忙把沈从文请进门。但有些丧气的沈从文却执意要走，他给张允和留下了自己宾馆的地址便低着头匆匆离开了。

张兆和一回到家，张允和便告诉张兆和沈从文来的消息，张兆和觉得有些突然，竟不由得心颤动了一下。心直口快的张允和催促着让张兆和去旅馆见一下沈从文，还给张兆和出主意怎么和沈从文说话。

在旅馆里焦灼等待的沈从文终于听到了敲门声，一打开，正是自己日夜思念的张兆和，一下子又惊又喜，竟愣住了说不出话来。张兆和站在门外也觉得有些尴尬，便把二姐教她说的话一字不落地背出来："沈先生，我家兄弟姐妹多，很好玩，你来玩！"说完又想不出第二句，于是两个人就这么一前一后地走着，回到张家。

沈从文这次是有备而来，他带了一大包礼物送给张兆和，里面全是英译精装的俄国小说，为了买这些礼物，沈从文卖掉了自己一本书的版权。张兆和很受感动，但觉得礼物实在太贵重，只收下了其中一套书。

张家的姐妹弟弟们都对沈从文很友善，沈从文还给张兆和的五个小弟弟讲故事。编故事是沈从文再擅长不过的事情了，很快赢得了几个弟弟的喜爱。张家的四姐妹也果然如人所说的那样知书达理，多才多艺，和沈从文谈论起文学来都颇有自己的见解。

这一次来苏州，沈从文本来是想当面向张兆和的父母提亲，但彼时他们都在上海，沈从文心愿未成。在苏州的这一个星期，

张兆和与姐妹

他每天都去张家见张兆和，和张兆和的姐妹弟弟们聊天，相处得非常融洽。张兆和的五弟还拿自己的零用钱给沈从文买汽水，沈从文很感动，当下对五弟许诺说“我写故事给你读”。后来，沈从文写了小说集《月下小景》，每一篇都附有“为张家小五哥作”的字样。

这一次的短暂相见，沈从文和张兆和的关系终于有了质的变化。回青岛后，沈从文给二姐允和写信，希望她可以帮忙征询张父对他和张兆和关系的意见。张父是个非常开明的人，向来主张恋爱自由，面对子女的婚约他很早就说：“儿女婚事，他们自理，与我无干。”所以，他欣然地认可了沈从文。

于是，允和给沈从文发了一封电报，就写了一个字“允”。“允”是允和的名字，也是父亲同意的意思。张允和发完后很为自己的创意感到得意。张兆和却担心沈从文看不懂，于是又给他发了一封电报“乡下人喝杯甜酒吧！”

等待了将近四年的沈从文，终于收获了梦寐以求的爱情。1933年9月9日，沈从文与张兆和在北京中央公园成婚了，胡适做了他们的证婚人。

婚后，张兆和随沈从文去了青岛，沈从文带着张兆和去看大海，去崂山游玩。曾经多少次，沈从文独自走在这里，期盼着有一天可以牵着张兆和的手一起看这青山绿水的世外桃源。触景生情的沈从文握着张兆和的手说:“三三，我要写个很好看的小说给你看。”张兆和听了嫣然一笑，并没有放在心上。她不知道，一篇如夜明珠般夺目的《边城》，就从这一刻起酝酿而出，《边城》里的女主角翠翠“黑而俏丽”，也正是以张兆和为原型而写的。

因母亲生病，沈从文新婚才四个月便匆匆回了一趟湘西。这一路上，沈从文又给张兆和写下了很多情书，与之前不同的是，这次的情书都有了张兆和的回应。沈从文把湘西之行的沿途风景和感触统统写进了信里，后来这些来往的信件汇集出版，便是《湘行书简》。信中，沈从文叫张兆和“三三”，而张兆和叫他“二哥”。张兆和担心沈从文，写道：“乍醒时，天才蒙蒙亮，猛然想着你，心便跳跃不止。我什么都能放心，就是不放心路上的不平静，因为你说的，那条路不容易走。”沈从文回信安慰说：“三三，乖一点，放心，我一切都好！我一个人在船上，看什么总是想到你。”

新婚得意，沈从文在文学事业上也蒸蒸日上，他与杨振声主办的《大公报·文艺副刊》也创刊了，吸引了很多当时有名气的作家，如朱自清、周作人、巴金、冰心、林徽因等，也培养了一批优秀的青年作家。沈从文把家搬到了北平达子营胡同里，《大公报·文艺副刊》越来越有影响力和名气，投稿的人络绎不绝。沈从文家堆满了手稿，粗心的沈从文总是把稿子弄得东一堆西一堆，杂乱无章，于是张兆和开始帮助沈从文整理稿件、看稿子，这位曾经桀骜的女子自从嫁给了沈从文，便一边细心地经营家庭，一边做着沈从文最忠实的帮手。家里来了客人，张兆和总是忙前忙后，端茶倒水，含笑招待，朋友们无一不称赞她贤淑得体。

那应该是沈从文觉得最幸福的一段时光，之后他们的两个儿子陆续出生了，沈从文给大儿子取名“龙朱”，小儿子取名“虎雏”。

然而，就在小儿子出生不到两个月时，抗战爆发了。很快，北平沦陷，沈从文接到当时教育部的秘密通知，让他随北大、清华的教师一起紧急撤离北平。沈从文不想与妻儿分开，然而张兆和刚生产不久，孩子也太小，匆忙上路，怕会有闪失。于是张兆和让沈从文先跟大部队撤离，自己再慢慢南下。听完张兆和的话，沈从文几乎要痛哭出来，但他知道妻子分析得有道理，于是让自己的九妹留下来帮忙照顾妻儿，他先随着大部队去了云南。

分离的日子，沈从文几乎每天都给张兆和写信，沈从文催促妻子赶紧南下，而张兆和看着两个年幼的孩子，迟迟犹豫着不敢动身。家中的积蓄本就不多，张兆和的日子也举步维艰，回信大多说的是家庭的琐事，甚至抱怨沈从文之前不知节俭。而信那头的沈从文在这硝烟乱世，更加担心和猜疑起张兆和对自己的感情，不明白为何妻子有那么多机会可以南下却迟迟不肯行动。他心急如焚，敏感的神经让他一次次慌了神。

他是太害怕失去张兆和了，心里一直有着的深深的自卑，让

沈从文一家

他陷入了一种神经质的忧虑中，他开始胡思乱想，甚至给张兆和写信说，如果她爱上别人，可以自由地走。面对沈从文孩子般幼稚的话，张兆和只应了一句："来信说那种废话，什么自由不自由的，我不爱听，以后不许你讲。"

也许张兆和一生都无法体会沈从文的自卑和不安全感，一个从小锦衣玉食，一个每一步都通过艰辛努力打拼而来，当文人童话般的浪漫归于生活的柴米油盐，心中的女神开始抱怨生活的琐碎，敏感的沈从文总是被一次次地灼伤。

1938年11月，张兆和带着两个孩子行了一个月的路，终于抵达了昆明，与沈从文相见。在云南这一住，便是八年，沈从文被聘为西南联大国文系副教授。在这个烽火硝烟的年代，很多人都食不果腹，教授的生活也非常拮据。为了生活，沈从文不得不多次变卖自己心爱的书，但他们依然努力给两个孩子营造一个幸福的童年。

终于到了1945年，他们迎来了抗日战争的胜利，然而旧伤未愈，人民解放战争又一触即发。

1946年夏天，沈从文一家回到了北平，敏感的沈从文已经感觉到了国内的文化环境和之前大不相同。1948年年初开始，便不断有文章开始指责沈从文、郭沫若、朱光潜等人的文章，说沈从文是“地主阶级文艺”“桃红色作家”，并且指责沈从文是“一直有意识地作为反动派而活着”。

国内的政治形势也非常紧张，随着蒋介石派来的专机将一批学者带去台湾，很多知识分子在那个时候的问候语都变成了：“怎么样，走不走？”最后沈从文与好友朱光潜、梁思成、林徽因夫妇等人一起选择了留在北平。敏感的沈从文意识到，自己的文学道路也走到了终点。

1949年，新中国成立了，张兆和与孩子们沉浸在革命和新生活的热情之中，唯独沈从文变得越来越郁郁寡欢，他知道，清算的时候很快就要来了。果然，很快，批评沈从文的文章接踵而至，自己多年来单枪匹马写下来的文坛地位被“桃色作家”“反对派”的名头所取代。沈从文陷入了深深的痛惜和绝望之中，原本就敏感自卑的神经让他走到了崩溃的边缘，他患上了抑郁症。好友梁思成夫妇、金岳霖等人多次来开导他，却唤不起沈从文的振作，他甚至曾把自己锁在房间，割腕自杀，张兆和不得不把沈从文送进精神病院治疗。

而张兆和面对革命和新生活，一直是积极乐观的，丈夫的绝望低沉，让张兆和心如刀割，却又深深地不理解。从小衣食无忧的张兆和为家操持辛苦，一家人都觉得沈从文落后，拖后腿，不向新中国靠拢，把整个家都弄得乱糟糟的。她埋怨过，甚至怨恨过。

而谁又能懂，放弃自己一生挚爱的文学的沈从文有多少辛酸苦楚，未来的迷茫不清更加让他焦虑不安。但是为了辛苦操劳的张兆和和两个孩子，沈从文知道，他必须努力地走出梦魇，幸而对文物的研究拯救了他心灵的空虚。沈从文以前就爱收集古玩，研究文物让他乐此不疲，心情也渐渐愉快起来，还应邀做了故宫博物院的顾问。

然而，“文革”的风波再次惊扰了他们的生活，年近七十的沈从文和六十岁的张兆和都被下放到农村改造，每天都要去工地上做苦力，两人分隔两地，各自居无定所。南方的潮湿让年迈的沈从文一身老病更加严重，简陋的食宿更加让他的身体每况愈下，终于突发了心脏病住进了县医院。张兆和这才能每个月来看沈从文一次，辛苦的体力活让原本就消瘦的张兆和更加瘦弱，不仅得了浮肿病，还患上了关节炎。幸而两个儿子已各自成家立业，让风雨飘摇的两位老人终于有一些心安。

直到1973年，他们才终于在北平相聚，却依旧住在胡同窄小的屋子里。沈从文又是热心之人，每次有朋友来访，张兆和甚至要退到厨房去。而沈从文回京之后开始把所有的精力都倾注在对文物的研究上，常常一个人忙得天昏地暗、废寝忘食，张兆和不能理解沈从文为何对古董如此痴迷，又心疼沈从文的身体，而自己常常是一个人待着无聊，只得在院子里种花养草，帮忙带孙女

自寻乐趣。

沉寂了多年的沈从文终于在七十年代之后重新得到了认可，《边城》《春灯集》等作品被重新出版，掀起了新的热潮，甚至被定为中学教科书的必读文章，还被拍成了电影。1983年，沈从文终于在生命的最后一段时间住上了宽敞的房子。那时的沈从文已经因为脑血栓生活难以自理，全靠张兆和的悉心照料。

1988年5月，八十六岁的沈从文因心脏病突发，在北京的家中去世。

沈从文离世后，张兆和开始倾注所有的心血为沈从文收集流落各方的作品集，还要在杂乱的纸堆里寻找他信件的手稿。她要为沈从文编一套《沈从文文集》，她怕自己走后，便无人可以完成。

1993年，张兆和与出版社签订《沈从文文集》的出版合约，主编由张兆和亲自担任，年迈的张兆和戴着眼镜一字一句地校对，毫不松懈。

晚年的沈从文与张兆和

终于在2002年12月，沈从文诞辰一百年的时候，《沈从文文集》正式出版。这套书总计三十二卷，总字数达一千万字，编辑过程花费了漫长的九年。张兆和最后的岁月，都是在编写这套书中度过的。

余生的心愿已经完成，2003年2月，张兆和安详地闭上了眼睛。

很多人评判起沈从文和张兆和的爱情时，说他们幸福的爱情只有新婚那短短几年，很多人责怪张兆和对沈从文了解得太少。而张兆和自己也在一篇后记里面写道：

“从文同我相处，这一生，究竟是幸福还是不幸？得不到回答。我不理解他，不完全理解他。后来逐渐有了些理解，但是，真正懂得他的为人，懂得他一生承受的重压，是在整理编选他遗稿的现在。过去不知道的，现在知道了；过去不明白的，现在明白了。

“……太晚了！为什么在他有生之年不能发掘他，理解他，从各方面去帮助他，反而有那么多的矛盾得不到解决！悔之晚矣。”

但其实有多少童话般的爱情诗篇可以在柴米油盐的漫长岁月里永远浪漫缠绵？执子之手，与子偕老，能相濡以沫地共度一生已经是爱情最美的结局。从小锦衣玉食，有着自己才华和文学天赋的张兆和在与沈从文结婚后，甘心收起自己的锋芒，做沈从文幕后支持他的女人，操劳家庭，支持沈从文的工作。也许有过抱怨，有过不理解，这也本是生活中很多夫妻都有过的烦恼。

二姐张允和回忆起沈从文下放农村的前一天，她去看他的情景——

“沈二哥说：‘莫走，二姐，你看！’他从鼓鼓囊囊的口袋里掏出一封皱头皱脑的信，又像哭又像笑对我说：‘这是三姐给我的第一封信。’他把信举起来，面色十分羞涩而温柔。我说：‘我能看看吗？’沈二哥把信放下来，又想给我又不给我，把信放在胸前温一下，并没有给我，又把信塞在口袋里，这手抓紧了信再也不出来了。我想，我真傻，怎么能看人家的情书呢。我正望着他笑，忽然沈二哥说：‘三姐的第一封信——第一封。’说着就吸溜吸溜哭起来，快七十岁的老头儿像一个小孩子，哭得又伤心又快乐。”

一生都挚爱着张兆和的沈从文，给她写下无数情书的沈从文，为她一封信哭得又伤心又快乐的沈从文，他在情书里写道：“我行过许多地方的桥，看过许多次数的云，喝过许多种类的酒，却只爱过一个正当最好年龄的人，我应当为自己庆幸……”

Chapter 11

不负如来不负卿

仓央嘉措

曾虑多情损梵行，入山又恐别倾城，

世间安得双全法，不负如来不负卿。

仓央嘉措

门巴族，六世达赖喇嘛，法名罗桑仁钦仓央嘉措，西藏历史上著名的诗人、政治人物。

西藏，布达拉宫，仓央嘉措，六世达赖。

只此片语便能想到西藏那片辽阔无垠的圣洁之地，那匍匐朝拜的虔诚信徒们，那余音绕梁的藏族情歌。

西藏的喇嘛那么多，偏偏只有仓央嘉措被人们深深地记住，记住了他的名字，记住了他短暂而传奇的人生。

仓央嘉措，他是活佛，受着千万信徒的朝圣和膜拜；他也是情僧，是青藏高原上最美的情郎，写出那样流传尘世、让人感动的情诗。他的情诗，像繁花般撒落在这片神秘的土地上，吟唱了三百年，流传了三百年。

然而，爱情又岂是达赖喇嘛可以触碰的东西。既然是活佛，上天赋予你至高无上的身份，便也剥夺了你在世俗的情爱。

一般的达赖喇嘛在被选定为转世灵童后就深居宫中修习佛法，世间的情爱，对他们来说从一开始就未曾触碰，亦不会向往。而仓央嘉措却偏偏不是，这个在浪漫凡尘生长的俊朗少年，又怎能让他斩断情丝，无牵无挂。

其中的缘由还得从五世达赖阿旺洛桑嘉措开始说起。洛桑嘉措是个天资不凡、拥有雄韬伟略的达赖，也无疑是藏传佛教史上功勋显赫的活佛。在西藏长达几百年的教派纷争之后，洛桑嘉措用尽一生的力量终于确立了格鲁派的统治地位，他不仅为格鲁派找到了大清王朝作为强大的靠山，重修了布达拉宫作为世代达赖的居住地和宗教、政治中心，更得到了万民的臣服与朝拜。

到了晚年的洛桑嘉措专心修行著作经典，把政治重任交给了桑吉嘉措，并将他任命为巴第。年轻的桑吉嘉措深知这是多么艰巨的任务，看似风平浪静的西藏实则暗潮汹涌，其他教派的势力虽然被压制住，但都虎视眈眈，等待时机。

1682 年，六十六岁的五世达赖洛桑嘉措在布达拉宫圆寂了。

面对政局的不稳定，桑吉嘉措决定秘不发丧，一方面用五世达赖的名义主持政局，一方面派人偷偷寻找转世灵童。

这位转世灵童就是六世达赖——仓央嘉措。

仓央嘉措出生于西藏南部一个叫作门隅的地方，这是个民风淳朴、热情奔放的地方，世代居住着门巴族人，人们信奉的是宁玛派（红教），在这个教派里，宗教和爱情是不冲突的，僧人亦可娶妻生子，寺院内外常常回荡着悠扬的情歌。

仓央嘉措的父母都是淳朴而平凡的农人，也是红教虔诚的教徒。当仓央嘉措出生的时候，天生异象，七轮朝日同时升起，彩虹罩屋。仓央嘉措的父母觉得这是佛祖的恩赐，是对世代门巴族人朴实善良的嘉赏。

他们不曾想过，这个孩子日后会成为六世达赖，西藏至高无上的活佛，他会住进布达拉宫，受到万民的膜拜。

在仓央嘉措一岁的时候，两位穿着红色僧衣的出家人突然来到这偏远的农舍。当这对普通的农家夫妻得知自己的孩子竟是转世灵童的时候，他们被这从天而降的荣光震惊不已，但他们同时也被告知仓央嘉措不用即刻离开家乡。

这两位神秘的僧人便是桑吉嘉措派去的使者，他们日后成了仓央嘉措的师父和贴身侍僧。之后的岁月里，他们在民间传授仓嘉央措佛法，虽然仓央嘉措自幼天资聪颖，但他并不知道这佛经和高僧对他来说意味着什么。

即使是住在偏远的门隅地区的农家夫妇，也知道上层社会的政治斗争残酷而激烈，他们不知道自己的孩子日后会卷入怎样的纷争中，但求他在身边的时候能够享受到生活原本的美好。而他们终究也没有等到儿子成为活佛的那一天，在仓央嘉措还年幼的时候，父亲便病逝了，仓央嘉措九岁那一年，他开始正式进入当地的寺庙学习佛法，离开了母亲的身边，而那一次的离别，竟成了永别。

仓央嘉措就这样在浪漫朴实的家乡渐渐长大，从男童到少年，俊朗的面容透出一种秀逸之姿，清澈的双眸带着温柔如水的淡淡忧伤，身边是风吹草低现牛羊的浪漫草原，耳边传来的是家乡曼妙动人的情歌。

你重我的情深

我敬你的心诚

祝愿白头到老

携手朝拜佛圣

那一天是一个初春，仓央嘉措学习完早课，得到应允后便独自离开寺庙，来到热闹的街市。透过熙熙攘攘的人群，仓央嘉措看见一个少女美丽的身影，在那个情窦初开的年纪，也许只是在人群中多看了你一眼，两个人竟这样透过来来往往的人群触到了彼此的双眸，没有羞怯，没有躲避，像是被什么力量所牵引。

穿过人群，仓央嘉措走到少女的面前，微笑着对她说话。少女对仓央嘉措突然前来的脚步和话语有些不知所措，她从未见过一个少年有如此精致俊朗的面容，她听到了他的名字——仓央嘉措。而仓央嘉措也深深记住了眼前这个美丽绝伦的少女的名字——仁增旺姆。本来还想再多说一些，突然有个中年女子唤少女的名字，仁增旺姆羞怯地转身离开了。仓央嘉措看着她渐渐离去的背影，内心像是被什么触碰着，久久不能平息。

第二天做完早课，仓央嘉措便迫不及待地去昨天的那条街道寻找仁增旺姆。像是心有灵犀般，仁增旺姆竟正站在昨天他们相遇的地方等着他。

那一天，他们说着笑着便走出了街市，那一天，漫山遍野是无垠的草原青草生长的味道，仓央嘉措就这样轻轻牵起仁增旺姆的手，她的手那么柔软，又因为紧张手心带着湿润。少年情窦初开带来的青涩爱慕让他们的心跳个不停。

仓央嘉措告诉仁增旺姆，自己是寺庙里学习修行的僧侣；仁增旺姆也说起了自己的身世，她自幼父母双亡，被姨母一手带大。姨母也是个苦命的女子，因为不能生育，只得嫁给一个长相丑陋的小商贩，不料丈夫还在一起贩货的途中遭遇了抢劫并被杀害。姨母就这样年纪轻轻成了寡妇，正值那时仁增旺姆的父母双双去世，便与她相依为命。姨母在街市上开了个小小的店铺，维持两个人的生计。

都是贫苦家庭出身的孩子，又都遭遇了父母双亡的伤痛，他们仿佛可以在对方眼里看见自己的影子，看见孤独的忧伤，看见彼此的爱慕之情。

在十四五岁青春懵懂的年纪，仓央嘉措为心爱的姑娘写下了一首首情诗：

从那东方的山岗
升起了皎洁的月亮
含母爱的姑娘脸庞
浮现在我的心上

上天让仓央嘉措在情窦初开的年纪遇见了自己的初恋究竟是幸运又是不幸，幸运的是他作为不可以问尘世情爱的达赖，还可以在美好的年纪拥有青涩的初恋；不幸的是，这终究是一场没有结果的爱恋。

仓央嘉措和仁增旺姆的感情走过青涩的春天，度过了郁郁葱葱的夏天，渐渐走到了秋获的季节。那是一个秋季里美丽的黄昏，夕阳把他们的影子拉得很长，仓央嘉措看着晚霞映照下仁增旺姆秀美的脸，动情地告诉她，过完这一年，自己六年的修行期就满了，等到修行结束，他要迎娶她，跟她携手一生。

仁增旺姆羞涩地点点头，夕阳映红了她的脸颊，映红了她上扬的嘴角和掩饰不住的幸福，那一天，应该是仁增旺姆最幸福的一天。虽然她一直都觉得仓央嘉措不是个寻常的男子，但既然爱了，就只想与他烟火一生。只是没想到，幸福来得那么短暂，还来不及去体会，便再也无法寻觅。

不久后，往常平静安定的门隅突然来了一支浩浩荡荡的队伍，有僧侣，有官兵，他们从街市走过。仁增旺姆看着这群浩浩荡荡的队伍打马而过，突然隐隐觉得不安和心慌。那一天，仓央嘉措像往常一样去街市找仁增旺姆，还没走到就迎面碰上这支队伍。仓央嘉措看到给自己授教的经师也在队伍里，经师也认出了他，大喊仓央嘉措的名字，众人便立刻围上来，把他拥立上马。骑在马上，仓央嘉措向街市上望去，远远就看到了仁增旺姆焦急奔来的身影，可他还来不及说出话，便被人带走了。

很久之后，当仓央嘉措坐在日光倾城的布达拉宫里，回想起那天的离去，还觉得恍如一场梦境。那个自己心爱的姑娘，连一句道别的话都没有说上，便再也无法与她相见。一切仿佛都是那样地身不由己，从自己一出生开始，来不及体会自由快乐，来不及见母亲最后一面，来不及和心爱的人道别。

六世达赖，当这个神圣的身份降临在自己的身上，看着布达拉宫前匍匐虔诚的子民，仓央嘉措更多的是感觉到一种身不由己。因为他知道，这里的一切都不由他掌握，那个叫桑吉嘉措的巴第才是这里的主宰。

而这次仓央嘉措被匆忙地送到布达拉宫成为六世达赖，也是因为大清朝的康熙帝知道了五世达赖早已去世多年的消息非常生气，桑吉嘉措才立刻马不停蹄地拥立仓央嘉措为六世达赖以稳定政局。

住进布达拉宫的仓央嘉措每日面对的是经师严格的督促，他所有的时间都是枯坐读经，无数的经书摆在他的面前，让他身心疲惫，而他心里，还是牵挂着家乡那个日思夜想的爱人。他想尽一切办法打听仁增旺姆的消息，身边却都是桑吉嘉措的耳目。

终于有一天，仓央嘉措找到了家乡来布达拉宫进殿拜访的僧侣，仓央嘉措恳请他帮忙打听仁增旺姆的消息，最后却得来让他悲痛万分的结果——仁增旺姆已经远嫁到北方的村庄。据家乡人流传，是巴第派人送走了仁增旺姆。

仓央嘉措只觉得心里一阵阵绞痛，但他又能做什么？布达拉宫繁华的宫殿，对他来说只是一个囚牢，巴第桑吉嘉措以仓央嘉措还年少无法主持政事为由掌握着一切大权。而随着时间的推移，一年，又复一年，聪颖的仓央嘉措越来越感觉到，这位巴第是不会把政权交给自己的，他终究要做布达拉宫的一只囚鸟，没有期限也不知道出路。

一晃三年过去了，仓央嘉措已经十八岁了，五世达赖洛桑嘉措十六岁便已经参与政事，而仓央嘉措却还被强大的巴第所限制，日渐成为一个傀儡，他是那样孤独，又是那样无力反击。

仓央嘉措再也不愿意这样被囚禁下去，那一天，他意外地找到了布达拉宫隐蔽的侧门。等到夜幕降临四下无人的时候，他便悄悄出了宫。守着那个隐蔽侧门的是一只有腮胡的老黄狗，它看着仓央嘉措，竟没有叫，温顺地趴在地上看着仓央嘉措走出去。

三年了，仓央嘉措第一次有机会走出布达拉宫接触外面的世界，他脱下了僧袍袈裟，穿上了普通人的衣衫，化名宕桑旺波，走上了拉萨街头。仿佛又回到了还没有被禁锢的年少时光，仓央嘉措走了很久才感觉到有些累，看到前方有一家小酒馆，便走进去，要了些饭菜还点了一壶酒，自饮自酌。

这个时候，一个婀娜秀美的身影出现在了酒馆门口，正值仓央嘉措喝得微醺时，他一抬头便看到了她芬芳动人的脸庞，竟和仁增旺姆有一些神似。那一刻，仓央嘉措突然觉得沉寂许久的心吹过一丝暖风，突然想上前去说些什么，但少女打完一壶酒便转身离开了。

仓央嘉措不由得站起身，走到酒馆门前，看着少女渐渐离去的身影。这一切被酒馆的女老板看在了眼里，酒馆老板早就在人群中注意到仓央嘉措卓尔不同的气质，与仓央嘉措交谈了几句之后对他很有好感，她笑着告诉仓央嘉措，那位打酒的姑娘叫玛吉阿米，常常来酒馆里给父亲打酒。热情的老板答应仓央嘉措介绍他们认识。

年方二八的妙龄女子玛吉阿米，爱慕她的追求者不在少数，但她始终觉得没有遇到那一个对的人，她喜欢的男子也许不需要钱不需要权势，但要有一颗通透的心，卓尔不群的气宇。当她一看见仓央嘉措，便觉得眼前的男子不同常人，眉宇间透着一种捉摸不透的深邃。

在酒馆女老板殷勤的撮合下，仓央嘉措和玛吉阿米很快走到了一起。美丽的玛吉阿米让仓央嘉措压抑许久的心扉又一次敞开，让他体会到久违的柔情和甜蜜，纵使仓央嘉措知道也许这又是一段没有结果的情劫，但上天让他经历了这金风玉露一相逢，哪怕没有朝朝暮暮，他也愿意走下去。

之后的仓央嘉措几乎每天都与玛吉阿米在酒馆里相见，白天仓央嘉措是布达拉宫至高无上的活佛，当夕阳落下，夜幕降临，他便是玛吉阿米的情郎宕桑旺波。

思念心爱的姑娘时，他写下了动人的情诗：

第一最好是不见，

如此便可不致相恋。

第二最好是不相识，

如此便可不用相思。

一夜的欢愉总是那么短暂，每当破晓的时候，仓央嘉措只能离开心爱的玛吉阿米，从布达拉宫的侧门偷偷回到自己的殿中。那只忠诚的老黄狗，每天都在门旁等待着仓央嘉措的归来。

胡须满腮的老黄狗

心眼比人还机灵

别说我黄昏时出去

回来时已经黎明

聪慧的玛吉阿米又怎会不怀疑自己心爱的情郎为何只能与自己在夜幕里相逢，在梦里，她梦见心爱的宕桑旺波，着一身泛着光的袈裟，坐在雪山之巅被众人膜拜，仿佛是救世的佛陀。而她不过是一个寻常女子，淹没在人海里，离他那么遥远。

玛吉阿米把自己的梦境告诉仓央嘉措，仓央嘉措只是无言以对，沉默了许久，他开口想说些什么，玛吉阿米用双指堵住了仓央嘉措的嘴巴。那一刻她突然觉得自己不想听，也不想知道。既然爱了，她只要自己的情郎还能在夜里与她相拥，即使是万劫不复的深渊，她也无怨无悔了。

而这一切又怎么能逃过桑吉嘉措的眼睛，作为政治家的敏感，他早就发现仓央嘉措偷偷出宫的事情，但这一次，他选择了假装不知。也许是他多年囚禁仓央嘉措始终不愿给他应有的地位而感到愧疚，也许是他疲于政事，实在没有力气再去指责仓央嘉措夜晚的行踪。

桑吉嘉措确实有更重要的事情让他头疼，长期以来，蒙古一直是威胁西藏政权的一股强大力量，虽然桑吉嘉措在宣布五世达赖逝世的消息之后立刻让仓央嘉措作为六世达赖坐床，但政局并没有稳定下来。恰逢那个时候驻藏的蒙古首领政权交替，新上任的首领拉萨汗野心勃勃，他若有机会，一定会置桑吉嘉措于死地。

沉浸在爱情的欢愉中的仓央嘉措对这一切都浑然不知，桑吉嘉措的纵容让仓央嘉措更加肆无忌惮，他以为自己可以这样天衣无缝地瞒过一切，然而这样惊天的秘密又如何能够永远包裹住。

那是一个美丽的冬夜，纷纷扬扬的大雪覆盖了整个拉萨城，八廓街的酒馆似乎比平时更加热闹。仓央嘉措与心爱的玛吉阿米坐在酒馆里喝着酒，看着窗外飘扬的雪花，仓央嘉措心情甚好，他喝了很多酒，想要一醉方休。

醉后，还有与美丽的玛吉阿米不尽的缠绵，那时的仓央嘉措不曾想过，这一夜的欢愉竟是最后的温存，而那洁白无瑕的大雪，带给他的却是不可避免的灾难。

第二天天还未亮，仓央嘉措沿着往常的道路回到自己的宫殿。然而他忽略了，他匆匆归来的脚印就这样留在了无瑕的白雪上，一头抵达庄严的布达拉宫，一头通往他不该涉足的纷扰红尘。

雪地上深深的脚印成了仓央嘉措百口莫辩的罪证。消息很快由扫雪的僧人传开了，传到桑吉嘉措那里，传到了酒馆里，传到玛吉阿米那里，也传到了蒙古驻藏首领拉萨汗那里。

一直等待时机的拉萨汗觉得这是一次千载难逢的机会，自己多年的练兵终于有了用武之地。他要利用这件事把桑吉嘉措从西藏统治者的地位上拉下来，未来的西藏，应该由自己来主宰。拉萨汗派人快马加鞭把这个消息上书给康熙帝，并捏造了很多关于六世达赖冒牌身份的谣言。桑吉嘉措也感到了时局的危急，他后悔自己之前的纵容带来了今天这样的恶果，如今再也不能放任不管了。

桑吉嘉措命人严加监督仓央嘉措，并尽快准备给仓央嘉措授予比丘戒，正式授予仓央嘉措僧伽的资格，也将让他面对更加严格的戒律。

在仓央嘉措的眼里，桑吉嘉措一直把自己像傀儡一样操纵在手中，既不给他应有的地位和平台，又一次次阻碍他在红尘中的爱恋。这一次，他再也不愿意妥协。

受戒那日，札什伦布寺的金顶在日光下金光闪耀，仓央嘉措一言不发地跟着众人向寺内走去。然而，当五世班禅在仪式开始让仓央嘉措在大经堂为众僧讲经之时，仓央嘉措的一声断然拒绝令在场的所有人都惊愕不已。

五世班禅只能忽略此过程继续受戒，但仓央嘉措又一次拒绝，决然站起身来出去，对着日光殿外向五世班禅三叩头，说："违背上师之命，实在有愧，恳求上师收回之前授予的沙弥戒，让弟子还俗。否则弟子只能面向札什伦布寺自杀了。"

谁能想到一个至高无上的活佛，竟要抛弃现在的地位，甘愿做红尘一个无名浪子，与心爱的姑娘烟火一生。但上天既然给了你六世达赖的身份，一切也由不得你去选择。众僧们以五世班禅为首纷纷下跪，乞求仓央嘉措收回之前的话。仓央嘉措独自一人穿越着佛教伦理的禁忌，他原本无意辜负任何人，他只是想做回自己。

仓央嘉措终究还是收回了札什伦布寺里说的话，他也感觉到了拉萨汗咄咄逼人的气势。毕竟是万人敬仰的活佛，大局之下仓央嘉措懂得不能因为自己的儿女情长让外敌寻得入侵西藏的机会，他只求桑吉嘉措能再给他一次机会，让他与玛吉阿米道个别，他再也不希望和仁增旺姆的不辞而别再次上演。

再见到玛吉阿米的时候，日夜的思念和担心让玛吉阿米瘦得不成样，仓央嘉措看着心爱的姑娘把美丽和情爱都葬送在自己的身上，痛心不已。玛吉阿米是个识大体的女子，她愿意这样爱着她的宕桑旺波，用自己的方式，不求结果也甘愿破碎。

然而即使是这样，桑吉嘉措还是又一次插手了，并且这一次他更加迅速，第二天，仓央嘉措便得知玛吉阿米失踪了。又一个心爱的女子这样被迫离开自己，仓央嘉措痛心疾首，他屈尊跪求巴第却不能阻止任何事情。世界仿佛都空洞了，仓央嘉措像行尸走肉般活着，那个真正的自己早已跟玛吉阿米一起消失在八廓街的酒馆里。

而那一边，拉萨汗与桑吉嘉措的斗争愈演愈烈，双方已经有了几次交战。桑吉嘉措独揽西藏政权二十多年，多少风雨他都承担过来了，然而这一次，他却犯了一个致命的错误，竟铤而走险派人给拉萨汗下毒，最后东窗事发，拉萨汗誓死要与桑吉嘉措决一死战。

一方蒙古军队扫荡而来，一方的大清王朝不愿意出兵相助，桑吉嘉措最终惨败而归，这位戎马一生的巴第，最终被拉萨汗杀害。

拉萨汗再次上书康熙帝，请求“废巴第所立假达赖”。远在京都的康熙帝把西藏的政局变动都看在眼里，英明神武的康熙帝一眼就看出了拉萨汗的野心，这位一统天下的君主又怎会因为谣言和拉萨汗的一纸上书下决定，他要的是西藏政局的稳定。康熙帝知道六世达赖在西藏民众心中的地位，也深知千万不能让仓央嘉措落入拉萨汗的手中，他决定让仓央嘉措离开西藏。

一个人需要隐藏多少秘密

才能巧妙地度过一生。

于是康熙帝一面下旨册封嘉赏拉萨汗，一面让使者将仓央嘉措押送进京。康熙帝的本意是不希望仓央嘉措落入拉萨汗的手中。然而，经历了痛失爱人，经历了幽禁折磨的仓央嘉措已经身心俱疲，即使使者并非像对待犯人一样押送他，反而对他照顾有加，但进京的漫漫长路，让仓央嘉措原本瘦弱的身体再也吃不消。

路上仓央嘉措就开始生病，并且病情不断加重，1706 年冬天，在他们走到青海湖的时候，仓央嘉措病逝于此。

这一年，仓央嘉措才二十四岁。

Chapter 12

我许你
岁月静好

冰心

冰心

中国诗人，现代作家，翻译家，儿童文学作家，社会活动家，散文家。笔名冰心取自“一片冰心在玉壶”。

1923年8月17日下午，美国的邮船“杰克逊总统号”鸣响汽笛，从上海黄浦江码头缓缓驶离。这艘大船上，大多是派遣出国留学的学生，他们带着满腔离乡的愁绪、报国的热血和求知的向往登上这艘大船，前方是陌生的大洋彼岸，等待着他们去闯荡。

这其中就包括冰心。

那时，二十三岁的冰心以优异的成绩从燕京大学毕业，还获得了去美国威尔斯利女子大学深造的机会。早在出国前，这位才华横溢的女子，就以自己优雅的文字、清新脱俗的诗句成为文坛熠熠闪光的新星。

冰心出生在福州一个海军军官家庭，父亲参加了甲午海战，抗击过日本侵略军，不仅有着爱国热血，也有着开明的思想，母亲也知书达理。冰心的童年是幸福的，她并不用像当时的大多数女孩那样裹小脚待嫁闺中，而是去学校学习，在书香中长大。随着父亲的升迁，四岁的冰心随家迁往青岛，大海给了冰心童年美丽的世界和开阔的胸怀。1913年，冰心又随父亲迁居北京。几年后，冰心也以优异的成绩考入协和女子大学，那时的冰心选择了学医，向往做一名救死扶伤的医生。

而就在冰心入学的第二年，五四运动爆发了。一场五四运动，改变了中国的命运，也改变了一代中国有识青年的命运。冰心的一腔热血被激起，她热情地投入这场波澜壮阔的时代潮流中，开始用白话文撰写各种反帝反封建的文章，在《晨报》等报刊上发表。短短几个月就发表了四万余字。她的笔触清新自然又寓意深刻，受到了很多读者的欢迎。冰心也越来越发现自己对文学浓厚的兴趣，那时的协和女子大学与燕京大学合并，冰心便转入了文本科学习文学。

文学给了冰心一片新的天地，冰心的文笔别具一格，她的小说、散文、诗歌，以“满蕴着温柔、带着忧愁”的抒情风格，赢得了无数读者的喜爱，也为自己赢得了出国留学深造的机会。

吴文藻

江苏江阴人，中国著名社会学家、人类学家、民族学家。吴文藻先生是中国社会学、人类学和民族学本土化、中国化的最早提倡者和积极实践者。

刚登上游轮的冰心并不知道，就在这次通往未知世界的旅程中，就在这黑夜的海上，仿佛冥冥中注定了一场萍水相逢的爱情要与她邂逅。

上船之前，冰心接到已经在美国留学的中学同学吴楼梅的来信，希望她可以帮忙寻找同在船上的弟弟——清华大学的学生吴卓，彼此也有个照应。上船的第二天晚上，冰心托好友许地山到清华大学的学生那里帮忙找吴卓。许地山把一个高高瘦瘦的男生领到冰心的面前，他戴着一副眼镜，显得文质彬彬。冰心关切地问道："在船上过得还习惯吗？你姐姐来信说，你也乘这一班船过去，她让我找到你……"

面前的男生却听得一头雾水的样子，纳闷地问道："家姐文化低，不知她什么时候给你写过信？”冰心听了也觉得奇怪，问起对方的名字，才知道是找错了人，面前的男生原来叫吴文藻。冰心既觉得尴尬又不好意思走，本就不善言辞的吴文藻也不知道该说些什么，两人就这样陷入了沉默。幸而当时甲板上有冰心燕大的几个朋友在玩丢沙袋的游戏，看见冰心两人就热情地请他们加入。冰心和吴文藻被分到一组玩起了游戏，尴尬也一扫而去，渐渐熟悉起来。

游戏结束后，冰心和吴文藻倚在船栏上看海闲谈。聊起去美国学什么的话题，吴文藻说想学社会学，冰心说她想学文学，选修一些英国十九世纪诗人的功课。吴文藻想起自己曾经读过的几本英美评论家评论拜伦和雪莱的书，便问冰心看过没有，冰心说没有。心直口快的吴文藻便说：“你如果不趁在国外的时间多看一些课外的书，那么这次到美国就算是白来了！”

当时的冰心已是中国文坛小有名气的人，随着诗集《繁星》和小说集《超人》的出版，很多初识冰心的朋友都会说久仰大名之类的话语，吴文藻这样坦诚的话深深刺痛了冰心。她还从来没有听过这样的话，不由得脸颊都红了，但心里却是高兴的，把吴

1908年，冰心（左）和大弟谢为涵（中）与父亲在烟台合影

1923年夏，冰心以优异的成绩从燕京大学毕业，获文学学士学位

文藻当作了自己的第一个诤友、畏友。冰心对吴文藻嫣然一笑，感谢他的逆耳忠言。

吴文藻本也觉得自己的话说得有点重，见冰心如此豁达还感激自己，原本的忐忑不安变为了对冰心的赞赏。他看着身边这位女子，端庄整洁的发髻，双眸间带着清澈和灵动，昏黄的灯光洒在冰心清丽的脸上，显得温婉动人，吴文藻不由得心一动。

时候已经不早，大家都纷纷回到客舱里休息，这一次的相见，虽然是一场误会，却让这黑夜的大海显得分外美丽。

一同上船的有很多热爱文学的青年，其中就包括梁实秋、顾毓琇、许地山等人，他们一起办了一张名为“海啸”的墙报，并热忱地邀请冰心来参加。大家一起为《海啸》写稿，一起座谈，成了无话不谈的挚友。而吴文藻似乎对文学并不是很感兴趣，偶尔和冰心在甲板上相遇，只是闲聊几句，他也从来不曾提起过冰心的作品。两个人都安分地保持着距离，但又在彼此的眼神中看见了对方的与众不同。

冰心于1923年8月乘船前往美国留学

他们在船上漂荡了两个星期，横跨了半个地球，9月1日终于抵达了美国西海岸。临下船时，大家纷纷写下住址，约着互相通信。

冰心到波士顿的威尔斯利女子大学研究院入学后，收到了许多同船的男女朋友的信函，她都只用威校的风景明信片写几句应酬的话回复了。吴文藻来到特默学院后，又重新过上了之前“书呆子”般的学习生活，但闲暇时，他总能想起冰心那一双清澈灵动的眼眸，考虑

1925年9月，中国留美学生在雪拉鸠斯举行美东中国学生年会。合影中左起第七、第八是正在恋爱的吴文藻和冰心

再三，他终于鼓起勇气给冰心写了一封信。

而这一次，冰心认真地写信回复了吴文藻。

吴文藻接到了冰心的回信，兴奋雀跃了好久。其实他知道冰心是个大家闺秀，并且已经蜚声文坛，而自己家境清贫，只是个普通的学生，他并没有奢望太多，唯有寄信件表达自己的关心，此后他们便开始了频繁的书信往来。

吴文藻是一个酷爱读书和买书的人，平日在生活上十分节俭，省下来的钱几乎都用来买书。每逢他买到一本有关文学的书，看完后就寄给冰心。冰心收到书总是迫不及待地看，看完还会写信给吴文藻，并附上自己读书的体会和心得，像看老师指定的参考书一样认真。这样的交流让两人都受益匪浅。冰心的老师都对她

抗日战争爆发后，1938 年夏，冰心怀抱小女儿吴青，全家在燕南园寓所前留影。

课外阅读之广泛感到惊奇，问她是谁提供的帮助。冰心告诉老师，是自己的一位中国朋友。老师称赞说：“你的这位朋友是个很好的学者！”

这些事冰心没有告诉吴文藻，内心里却是满满的感谢和开心。

然而，就在入学九个月之后，本就身体不好的冰心，旧疾复发——肺支气管扩张，住进了医院。学校的同学老师都很关心照顾冰心，常常来看她，还不断送来信件和鲜花。在美国的中国男同学也经常来看冰心。吴文藻得知了冰心生病的消息焦急不安，也想去慰问，可是他所在的地方离冰心很远，坐火车需要七八个小时。吴文藻虽然时刻挂念着冰心的病情，却苦于距离和学业繁忙脱不开身，无法立刻来到冰心的身边，只能写信诉说关心。

冰心的病情却迟迟不见好转，一年来的求学计划也成了泡影，冰心陷入了无助的凄楚之中，但她渐渐学会了豁达乐观，用文字来抒怀。吴文藻也终于等到了学校放年假，赶紧和几个在波士顿读书的同学一起去看望冰心。去看冰心的男同学有的念诗，有的说笑，有的读信，而吴文藻只是安慰冰心照顾好身体，早日康复，便默默站在一旁，眼神里却满是关切和真挚。

当时爱慕追求冰心的男同学很多，但冰心却偏偏不爱风花雪月的浪漫之举，不爱热情洋溢的情书，她要的是那个真诚相对的人。吴文藻的朴实真诚、求学上进，让冰心对他越来越有好感。

1924 年的秋天，冰心的病终于痊愈，又回到学校继续自己的学业。虽然冰心和吴文藻各自忙于学业没有见面，但信件却从未停过。第二年，冰心和在波士顿留学的同学一起为美国朋友演出了一场中国戏《琵琶记》。演出前，冰心给吴文藻写信，给他寄了一张入场券。然而那时的吴文藻学业正忙，加上一来一回需要好几天的时间，便回信向冰心道歉，说自己抽不开身。

慰冰湖是冰心留美学习期间常去的地方

冰心不禁感到有些遗憾，然而就在演出第二天，当冰心回到自己的休息处便惊喜地发现，来看望她的几个男同学之中，就有吴文藻！原来，吴文藻刚寄出信件就后悔不已，急忙动身风尘仆仆地来看冰心的演出。他知道自己想见她，这个常常萦绕在自己脑海里的女子，她的一颦一笑，让他多么想相见。

看到吴文藻意外地出现在自己的眼前，冰心喜出望外，她悄悄地对吴文藻说："这次你来看我，我很高兴。"简单的一句话，让吴文藻内心雀跃不已，他看到他向往的一颗心也对自己泛起了涟漪。

有时候缘分真的是个奇妙的东西，原本没有交集的两个人似乎冥冥中注定要相遇，没有早一步，也没有晚一步。而命运似乎也有意要将这对有缘人牵在一起，那时在美国攻读硕士需要学习第二外语，1925年的夏天，冰心来到绮色佳的康奈尔大学学习法语，当她走进教室时，竟然发现吴文藻也在那里。

两人不由得相视而笑，又一次没有早一步，没有晚一步，原来，你也在这里。

绮色佳是个景色怡人的地方，那时正值暑假，原来在康奈尔大学的留学生大多去别处度假了，补习班里只有冰心和吴文藻两个中国人。因此他们几乎每天课后都相约一起游山玩水，两个人在一起，湖光山色里也多了几分妩媚和浪漫。他们每晚从图书馆出来，还会坐在石阶上闲谈，夜凉如水时他们一起看天上的明月，数天上的星星，一起诉说着对家乡的思念和对未来的憧憬。爱情的花蕾也一点点在这夏夜的微风里慢慢绽放，吐露出芬芳。

那时，冰心和吴文藻的信函来往已经有两年了，两人在书信中都有了对彼此的惺惺相惜，只是因为距离一直没有越过这一步。这一次在绮色佳相遇，吴文藻知道，自己再也不能错过这样的机会。

那一天，吴文藻约冰心去湖上泛舟，那时正值夕阳西下，美丽的晚霞倒映在刻尤佳湖上，周围的气氛显得温暖而暧昧。吴文藻鼓足了勇气，郑重地对冰心说："我想问你一句话，这句话在我心里反复思索了无数遍：我们可不可以最亲密地生活在一块？"

冰心有些意外，轻声地说："你知道，我身体很不好，是个说死就死的人，你何必找一个不能白头偕老的伙伴？"吴文藻真诚地对冰心说："做你的终身伴侣，是我最大的心愿。无论如何，我认命了。"冰心不由得羞涩地低下了头不知道如何回答，吴文藻也紧张得有些说不出话。沉默了一会儿，吴文藻对冰心说："当然，你不一定立即回答，请你考虑一下，我们的生活能不能融洽。"

那个夜晚，冰心辗转反侧，她欣赏吴文藻的正直、诚恳，只是自己一直是个性格敏感细腻的人，而吴文藻是个典型的木讷寡言的书呆子，不会浪漫不会甜言蜜语。但冰心也知道，多少的风花雪月也抵不上一句"执子之手，与子偕老"。而那一头的吴文藻更是忐忑不安，一夜未眠，他知道冰心是大家闺秀，而自己家境清贫，但是爱情既然来了，只能用一颗赤诚的心去等待结果。

第二天，冰心告诉吴文藻：“我思索了一夜，我自己没有意见。但是我不能最后决定，需要得到父母的同意，才能最后定下来。”听到冰心这样的答案，吴文藻欣喜不已，如释重负。夏日的阳光落在两个人的身上，在这个骄阳似火的季节里，他们收获了学业，也收获了两人炙热的爱情。

暑假结束后，冰心回到了威尔斯利女子大学。而这一年的夏天，吴文藻以优异的成绩从达特默斯学院毕业，随后升入了哥伦比亚大学社会学系攻读博士学位。哥伦比亚大学离冰心的学校比较近，两人的见面次数也多了起来。冰心意外地发现，吴文藻这样的书呆子，面对爱情也开始变得浪漫细腻，他给冰心送礼物，写信的信纸上都印着冰心姓名缩写的英文字母。他们还一起去纽约度假，看了好几场莎士比亚的戏剧，相聚的甜蜜和相思的忧愁让两个人变得充实而幸福。

1926 年的夏天，冰心从威尔斯利女子大学毕业，应母校燕京大学的邀请回校任教。吴文藻学业还没有完成，暂时不能回国，他慎重地写下了一封密密麻麻、长达六页的求婚书，还附上一张

30 年代的冰心和吴文藻。

自己的照片，让冰心带去给父母，诚恳地请他们将爱女托付给自己。

冰心回到家后便悄悄地放在了父亲的书桌上。这封求婚书，写得像论文一般细致又严谨，吴文藻在信中既真诚地表达了自己对冰心的爱和赞赏，又谈论了婚姻与家庭的社会学意义，阐述自己对婚姻的认真和负责任。吴文藻用朴实认真打动了冰心的父亲，冰心的父母也相信自己女儿的眼光，两人都同意了女儿的选择。但毕竟是婚姻大事，希望等吴文藻学业完成后再定下来。

一封求婚书，赢得了一场执子之手与子偕老的爱情，也成就了一段文坛的佳话。

1928 年的冬天，吴文藻从哥伦比亚

大学获得了博士学位，还得到了哥伦比亚大学“最近十年内最优秀的外国留学生”的奖状。回到北京，吴文藻便迫不及待地去找冰心，他们已经快三年没能相见，只能依靠信件来诉说着爱和思念。当年的承诺吴文藻一直铭记于心，这次回来，他一定要尽快迎娶自己心爱的姑娘，他拿着钻戒向冰心求婚，又赶紧跟着冰心去上海见冰心的父母。冰心的父母对这位学业有成、真诚朴实的年轻人很满意，爽快地答应了他们的婚事。两天后，吴文藻又回到江阴老家，把这个喜讯告诉了自己的父母，一家人也欣喜赞成。他们就在冰心上海的家中举行了简单的订婚典礼，当吴文藻给冰心戴上那枚戒指，两个人都从彼此的眼神里看到了坚定和幸福。

吴文藻归国后，同时接到了清华大学和燕京大学的聘书，考虑到冰心，他选择了和冰心一起在燕京大学任教，成为社会学系的讲师。燕京大学把燕南园正在建设中的一座小楼分配给冰心和吴文藻居住。他们对未来一起生活的小楼充满着美好的期待，上完课便忙着为新家做准备。

婚礼定在了初夏的6月，在燕大的临湖轩举行，那一天，冰心依旧像往常一样去上课，坚持上完课才开始婚礼。校长司徒雷登亲自主持了他们的婚礼。没有锣鼓喧天，没有张灯结彩、大宴宾客，他们的婚礼仪式非常简单，客人也只有燕大和清华两校的同事和同学，那天待客的蛋糕、咖啡和茶点，竟只用去三十四元！

由于分配的小楼还没有建好，两人的新婚之夜就在西山大觉寺的一间禅房里度过。临时的洞房非常简陋，满是灰尘，两人却丝毫没有在意。五年的相识相知相许，多少相思苦楚、甜蜜忧愁都融化在这宁静的夏夜里。

不久后，暑期开始了，新婚的冰心和吴文藻，去上海和江阴看望父母，又去杭州度蜜月。回校时燕园的小楼也竣工了，冰心把小家布置得温馨雅致、井井有条，还在院子里亲手种上了德国白玫瑰。一间小楼，盛满了两个新人的甜蜜和幸福，冰心写作备课，吴文藻做翻译研究，忙碌完两人便一起喝茶聊天，在小院里晒太阳、闻花香、听林间的鸟语。木讷的吴文藻虽然不懂风情，不能给冰心浪漫，却用一颗真诚的心许她岁月静好，与子偕老。

儿子和女儿的出生又给他们的生活带来了幸福和乐趣。他们

1947年，冰心和吴文藻在日本郊游

结识新的朋友，就邀请来家里做客，小楼里常常是“谈笑有鸿儒，往来无白丁”。吴文藻做事认真，工作起来废寝忘食，以至于生活里常常心不在焉地犯糊涂，闹出了不少的故事和笑话。清华大学的梅校长还给冰心写了句赠诗：

冰心女士眼力不佳

书呆子怎么配得交际花

而冰心则把吴文藻的糊涂当作可爱之处。吴文藻的书桌上放着一个相框，里面的照片是冰心初到美国的时候照的。她问吴文藻：“你真的每天要看一眼呢，还只是一件摆设？”吴文藻笑说：“我当然每天要看了。”于是有一天冰心趁吴文藻去上课，把一张影星阮玲玉的相片换进相框里，过了几天，吴文藻一直没有反应。直到冰心自己忍不住提醒他：“你看桌上的相片是谁的？”他看了才笑着把相片换了下来，说：“你何必开这样的玩笑？”

在燕京大学的这十年如流水般度过，这也是他们学术研究和教学的黄金时期。他们相敬如宾，一起教学生、做研究，充分地享受着师生间亲切融洽的感情。他们不但有各自的学生，也有共同的学生。学习之余，冰心还关心着学生的婚姻、将来的专业等，吴文藻则关心着选送学社会学的研究生出国深造的问题。能帮上忙的，他们就都为学生尽心尽力。

然而，一场七七事变顷刻间摧毁了一切。战火和硝烟席卷而来，北平也沦陷了。各个学校的老师们都相继南迁，可是冰心当时正怀着小女儿吴青，到 11 月才能生产，吴文藻担心这一路的颠簸劳顿冰心的身体会吃不消，只能暂缓行程。然而 1938 年 7 月的清晨，十六架日本战机，在晨光熹微中投下了三十二枚炸弹，把燕大附近的西苑兵营炸成了一片废墟。吴文藻不得不赶紧带着一家人离开了硝烟弥漫的北平。

国破家难全，一路的颠沛流离、辗转劳顿，他们终于抵达了昆明，吴文藻被邀请去云南大学任教。然而不久后，昆明也频频

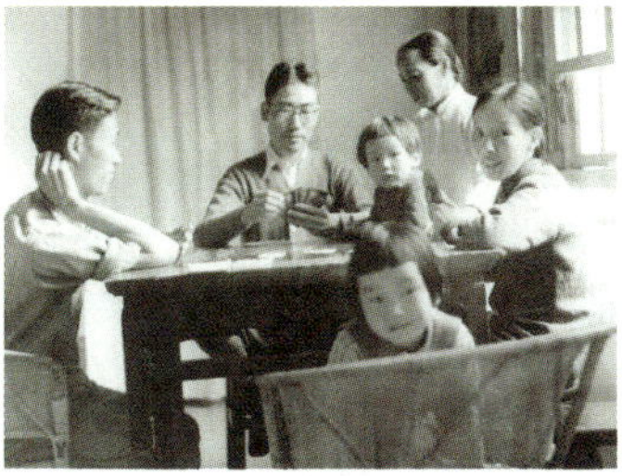

1939 年，冰心一家在云南昆明郊外呈贡的“华氏墓庐”（冰心称为“默庐”）临时住所

被袭，大家只能再往郊区搬迁，冰心一家也搬到了呈贡县，他们住在华氏墓庐里，冰心给这座祠堂式的房子改名为“默庐”。之后冰心被呈贡县中学的校长请去学校兼课，其他的时间她还需要照顾孩子、维持着家里的柴米油盐。而吴文藻由于在云南大学教课，他们只有周末才能相见。尽管生活这般艰苦，他们依旧努力地寻找着快乐和希望。

1940 年冬天，日军加紧了对中国的袭击，昆明也屡屡遭袭，吴文藻在昆明大学的讲座善款也受到干扰，难以为继。正在吴文藻苦于壮志难酬之时，他在重庆的国防最高委员会工作的清华同学，劝他到委员会里当参事，负责研究边疆的民族、宗教和教育问题，并提出意见。而冰心也收到宋美龄的邀请去重庆的妇女指导委员会工作。于是他们带着报国的热情又搬到了重庆。

1948 年，冰心在日本东京寓所写作

1949 年，冰心被东京大学聘为教授，讲授中国新文学

然而到了重庆，冰心却发现工作与想象中的并不一样，国民党的问题众多，指导委员会的人事关系也很复杂。正当冰心犹豫之时，皖南事变爆发了，外敌未御，同胞相残。冰心和吴文藻对国民政府感到怀疑和失望，于是辞去了工作，在重庆郊外的歌乐山住下。吴文藻为谋一些事寄居在城内朋友的家中，周末才能回家。战时供给紧张，两个人每个月都亏空，只能自己耕种，常常食不果腹。

1942 年的春天，吴文藻积劳成疾，患上了严重的肺炎，不得不住进医院，可是治疗了一个月，病情却没有起色。冰心焦急地陪伴在吴文藻的身边，吴文藻病情严重的时候会连续高烧十几天，有一天护士给吴文藻试脉搏，竟然只有三十六下！冰心听到后只觉得两腿发软，走路都走不动了，到了病房后发现床边站满了大夫和护士，冰心害怕得不行。幸而吉人自有天相，正当大家十分焦急之时，吴文藻翻了个身，长长地吁了口气，迸出一身冷汗。大夫一看，高兴地说这是好的征兆，冰心一颗悬着的心才放了下来。一个多月的心力交瘁、操心劳力，吴文藻的病终于一点点地好起来。病刚好的吴文藻一刻都闲不住，又投入到社会学的研究中。

1945 年 8 月，抗日战争终于取得了胜利！冰心和吴文藻听到日本投降的消息高兴得热泪纵横，恨不得立刻就回到北平去，但是那时的交通工具十分拥挤，直到 1945 年底，他们才回到了南京。

正在他们做出北上继续教学的决定时，1946 年初，文藻的清华同学朱世明

1966 年，冰心在进行创作

1973 年时的冰心

1975 年冰心到山西省昔阳县大寨参观

将军授任中国驻日代表团团长，约文藻担任该团的政治组长，兼任盟国对日委员会中国代表顾问。吴文藻正想了解战后日本政局和重建的情况和形势，他想把整个日本作为一个大的社会现场来考察，做专题研究。于是吴文藻带着冰心和小女儿一起去了东京。在东京的这段时间，吴文藻利用一切机会，同美国来日研究日本问题的专家学者以及东京大学、京都大学的同行人士广泛接触。冰心也接触了当年在美国留学时的日本同学和一些妇女界人士，还成为东京大学有史以来第一位女教授。在日本期间，他们不但比较深入地了解了当时日本社会上存在的种种问题，同时也深入地体会了美帝国主义的侵略本性！冰心深深地感慨："痛苦给了我们贵重的教训。最大的繁荣和安乐不能在侵略中得到，只有同情和互助的爱才能有共存共荣。"

在日本的冰心和吴文藻也时刻关心着国内的形势，他们看到了人民民主专政给中国带来的新希望。新中国成立的好消息传到了他们的耳中，无限的思乡之情和报国之志让他们想立刻回到祖国，然而国民党却经常派人来监督他们这些驻日代表团人员的活动。1950年，吴文藻辞去了在国民政府的职位，他和冰心等待着时机回到祖国。终于在1951年，耶鲁大学聘请吴文藻去任教，他们借此向国民政府申请去香港置办行李，终于得到了归国的机会。到了香港，他们很快把耶鲁大学的聘书退回，北上到了广州，曲折辗转终于又回到了北平，回到了魂牵梦萦的祖国的怀抱。

归国后的冰心和吴文藻积极地投入新中国的建设中，吴文藻担任了全国政协委员一职，冰心也用自己的笔墨歌颂着新生活。1952年初夏的一天，周总理召见了冰心和吴文藻，总理紧紧地握住他们的手，笑容满面地向他们问好，亲切地招呼他们坐下，详尽地倾听他们在外面的情况。冰心和吴文藻觉得自己就像海上沉舟遇救归来的孩子，听到亲人爱抚的话语那样，悲喜交加得说不出话来。

1953年，吴文藻被正式分配到中央民族学院工作，被抛弃了三十年之久的社会学终于重见光明，吴文藻开始致力于研究少数民族情况。而冰心也加入了中国作家协会，并被推选为代表，还被故乡福建省推选为第一届人大代表。他们住进了中央民族学院的小楼里，仿佛又回到了当年在燕园的日子。

然而，突如其来的反右派斗争又一次惊扰了他们的生活。

冰心全家福

1958 年 4 月，吴文藻被划为右派，这意外的灾难像晴天霹雳般降临在他们的身上，吴文藻受到了撤销研究室主任的处分，并剥夺了教书权，送社会主义学院学习。在吴文藻的罪名中，还有“反党反社会主义”一条，吴文藻被要求写检讨材料，他十分认真地苦苦地挖他的这种思想，写了许多张纸。他一面痛苦地挖着，一面用迷茫和疑惑的眼光看着冰心说：“我若是反党反社会主义，我到国外去反好了，何必千辛万苦地借赴美的名义回到祖国来反呢？”冰心当时也和他一样“感到委屈和沉闷”，但也无可奈何。身边的很多教授和学者朋友们都纷纷被划为右派，大家只能彼此安慰。

直到 1959 年 12 月，吴文藻才被摘掉了右派的帽子，然而，一波未平一波又起，一场更大的浩劫再次摧残了他们的生活。“文革”中，冰心被挂上了“资产阶级太太、修正主义的黑帮作家”的木牌子在烈日下游行，吴文藻也被说成反动派拉去批斗，勒令去扫厕所，多年辛苦积累的学术资料被一扫而空。此后的冰心和吴文藻都被送去“牛棚”，又被下放到农园做苦力，一家人分散在八个地方，接受着非人的折磨和痛苦的别离。

但冰心和吴文藻依旧带着坚强的信念彼此坚持下去，他们还庆幸地因为尼克松的访华和其他几位学者一起去翻译《六次危机》《世界史》《世界之纲》等巨作，即使逆境和苦难，也没有改变他们报国的热情，也没有改变他们对彼此的坚定。

终于，他们迎来了“四人帮”被粉碎，“文革”结束，国家百废待兴，各科学术研究又得到了恢复和重视。1979 年，吴文藻的右派罪名终于得到了彻底的平反，此时的冰心和吴文藻已经将近八十岁的高龄。吴文藻依旧怀着积极的热情参加重建社会学的讲座和工作，接受了带民族学专业研究生的工作，他不顾自己的白内障和心脏病，阅读大量的文献资料撰写论文，尽心尽力地给学生以指导。

晚年的冰心与吴文藻

冰心曾埋怨过吴文藻把所有的精力都投身在社会学的教育里了，甚至连自传里提到自己的地方，也只有两处，何时相识，何时结婚，短短几句，儿女的名字生日更是只字未提。其实，最了解吴文藻，最支持他的人，就是冰心。正是这样的理解和支持，才让两个人一生相濡以沫。晚年的冰心和吴文藻一起看书写作，一起闲话家常，一起在黄昏携手散步，经历了那么多的坎坷和磨难，他们为依旧可以牵着彼此的手而感到满足和幸福。

1985年7月，吴文藻因为脑血栓住进了医院，此后便一直处在昏迷状态，而冰心也已经行动不便，无法去床边照顾，只能让儿女陪伴。9月24日，冰心接到儿子急促的电话："爹爹已于早上六时二分逝世了！"放下电话，冰心已是泪流满面。

吴文藻离世后，冰心把精力投于写作中，她的文笔也越发炉火纯青，无须刻意雕琢，浑然天成。往事还历历在目，她回忆起与吴文藻携手六十二年的人生，深情地写下了著名的《我的老伴吴文藻》一文。

1999 年初，99 岁的冰心也离开了人世。遵照冰心立下的遗嘱，她和吴文藻的骨灰葬在了一起，在八达岭长城脚下，这对分离了十四年的爱侣，终于可以一起长眠了。

冰心说："有了爱就有了一切。""在平坦的道路上，携手同行的时候，周围有和暖的春风，头上有明净的秋月。两颗心充分地享受着宁静柔畅的'琴瑟和鸣'的音乐。在坎坷的路上，扶掖而行的时候，要坚忍地咽下各自的冤抑和痛苦，在荆棘遍地的路上，互慰互勉，相濡以沫。"

六十二年的不离不弃、患难与共，这才是爱情的真谛，多少的风花雪月也抵不上一句"执子之手、与子偕老"。有那么一个人，爱你如生命，那便没有颠沛流离，只有生死与共。

图书在版编目（CIP）数据

愿有时光收藏爱 / 洛青辰著 . — 北京 : 中国友谊出版公司，2016.6

ISBN 978-7-5057-3702-0

Ⅰ . ①愿… Ⅱ . ①洛… Ⅲ . ①散文集 – 中国 – 当代 Ⅳ . ① I267

中国版本图书馆 CIP 数据核字 (2016) 第 047863 号

书名 愿有时光收藏爱
作者 洛青辰
出版 中国友谊出版公司
发行 中国友谊出版公司
经销 新华书店
印刷 北京盛通印刷股份有限公司
规格 880 毫米 ×1230 毫米 32 开
8.5 印张 122 千字
版次 2016 年 6 月第 1 版
印次 2016 年 6 月第 1 次印刷
书号 978-7-5057-3702-0
定价 36.00 元
地址 北京市朝阳区西坝河南里 17 号楼
邮编 100028
电话 （010）64668676

如发现图书质量问题，可联系调换。质量投诉电话：010-82069336